DIE FÜNFUNDZWANZIG ERZÄHLUNGEN DES TOTENDÄMONS

1989

Verlag Philipp Reclam jun. Leipzig

Aus dem Sanskrit
Übersetzung, Nachwort und Anmerkungen
von Eva Ritschl und Maria Schetelich
Mit 15 Abbildungen von Skulpturen und Friesen
aus Khajuraho (10.–11. Jahrhundert)

ISBN 3-379-00470-7

Originaltitel: Vetalapancavimschatika
Die Rechte an den Bildvorlagen, die uns Herr Prof. Dr. H. Mode freundlicherweise zur Verfügung stellte, gehören Herrn Subodh Chandra, Malabar view, Chowpatty Sea-face, Bombay 7

Reclams Universal-Bibliothek Band 777
3. Auflage
Reihengestaltung: Lothar Reher
Lizenz Nr. 363. 340/96/89 · LSV 7371 · Vbg. 8,1
Printed in the German Democratic Republic
Grafischer Großbetrieb Völkerfreundschaft Dresden
Gesetzt aus Garamond-Antiqua
Bestellnummer: 660 866 0
00200

Ein König sieht in einem Wald einen Einsiedler, der asketische Übungen vollzieht, und will in Erfahrung bringen, was es mit diesem Einsiedler auf sich hat.

So sagte er bei sich: „Wenn man einem Übel ins Gesicht sieht, hört es auf, ein Übel zu sein. Also will ich ihn mir ansehen und dann nach Hause zurückkehren." Damit begab er sich zu der Einsiedelei.

In dieser Einsiedelei wohnte schon seit tausend Jahren ein Asket, Valkalaschana, der Bissenesser, mit Namen. Um in die Brahmawelt einzugehen,[1] übte er Askese, indem er sich am Fuße eines Nimba-Baumes der religiösen Versenkung hingab. Für seinen Körper kennt er keine Annehmlichkeiten. Durch die Kasteiungen sind seine Glieder Holzscheiten gleich geworden. Selbst Kot und Urin gibt er nicht mehr von sich. Wenn er in der Nacht seine Meditationen beendet hat, ißt er nur einen einzigen Bissen von der Rinde des Nimba-Baumes und den nächsten Bissen erst wieder am zweiten Tage darauf zur selben Zeit. So waren dem Asketen in der Einsiedelei tausend Jahre dahingegangen.

Der König erblickte nun den in Versenkung verharrenden Einsiedler. Als er ihn so beobachtete, dachte er: „Wenn dieser seine Meditation beendet, will ich ihm zu Füßen meine Verehrung bezeugen." Er hielt also sein Pferd an und verweilte dort. Den ganzen Tag über sah der König zu, wie er meditierte, dann dachte er: „Dieser hat mir gegenüber aber Hochmut bewiesen und mich merken lassen: ‚So einer bin ich!' Nun gut, ich will ihm schon eins auswischen." Damit begab er sich wieder in seine Stadt, und als er in der Audienzhalle saß, ließ er alle Welt zusammenrufen, um öffentlich zu verkünden: „Hört, ist unter euch jemand, der imstande wäre, diesen stolzen Asketen in seinen Bußübungen zu stören?" Auf seine Frage erhielt er jedoch keine Antwort.

Als gar niemand etwas sagte, kam eine Kurtisane herbei und sprach zum König: „O Herr, ich werde seine Bußübungen stören. Was macht es mir schon aus, ihn mir gefügig zu machen? Ich werde den Asketen durch Schönheit und Reize betören. Wer auch immer in dieser Stadt mich erblickt, der ist ja betört, sagt man doch:

> Dem Topf mit Butter gleicht die Frau, der Kohlenglut gleich ist der Mann. Berührt sich beides, läuft der Topf. So ist es auch mit Mann und Weib."

„He, Mädchen", sagte da der König, „höre, wenn du die Bußübungen stören kannst, dann will ich dir ein Dorf schenken." Darauf entgegnete sie: „Wenn du so sprichst, will ich ihn mir schon gefügig machen." Mit diesem Versprechen ging sie nach Hause, schmückte sich auf sechzehnerlei Art und begab sich in die Nähe der Einsiedelei. Dort erblickte sie den Weisen. In einiger Entfernung von ihm baute sie sich eine Hütte.

Nun sah sie, wie der Asket von Sonnenaufgang bis Sonnenuntergang in Versenkung verharrte und sagte: „Wie soll mir der zu Willen werden? Er bemerkt mich ja nicht einmal. Aber sei's drum! Habe ich ihn den ganzen Tag beobachtet, will ich es auch noch während der Nacht tun." So blieb sie dort und verhielt sich ruhig. Als es Nacht wurde, nahm der Asket, ganz in Betrachtung versunken, einen Bissen Baumrinde zu sich. Sie hatte nun den Weisen in jeder Weise beobachtet und sprach zu sich: „Von daher wird er mir gefügig werden." Schnell ging das Mädchen nach Hause und bereitete aus Milch, Zucker und Butterschmalz ein Stückchen Konfekt, das sie mitnahm. Sie steckte es in die Rinde des Nimba-Baumes, ging zurück in ihre Hütte und blieb dort. Zur gewohnten Zeit aß der Asket wieder einen Bissen. An diesem Tage kam ihm etwas Süßes auf die Zunge. Wiederum steckte sie in die Rinde des Baumes ein Stückchen von der Süßigkeit. Wiederum aß der Asket am dritten Tage, nun aber vier Bissen. Auf diese Weise nahm er immer mehr Bissen zu sich. Schließlich wurden es zwanzig. Da wurde er freundlich und wohlgenährt, und mit der Meditation war es vorbei.

Einmal nun fiel der Blick des Asketen auf die Kurtisane. Sofort fing das Feuer der Liebe an, ihn zu quälen. Heißt es ja:

> Kein Glück gibt es in dieser Welt, kein besseres Lebenselixier als das Genießen einer Frau. Zugleich befriedigt es alle Sinne.

Damit war ein Tag nutzlos für ihn vorübergegangen. Als er

wieder einmal zu ihr ging, fragte er sie: „Wer bist du?" Sie hielt einen Zipfel ihres Gewandes vors Gesicht und antwortete: „Ich bin eine Dienerin des Indra. Weshalb fragst du?" Erfreut sprach er: „Ich habe mein Herz an dich gehängt; wenn du meine Gattin würdest, könnten wir beide in dieser einsamen Gegend vergnügt miteinander leben." Da erwiderte sie: „Warum redest du so Ungehöriges? Wie sollte ich das tun? Mein Haus ist im Himmel, in Indras Nähe. So darfst du nicht sprechen!" Aber er, vom Liebesgott gepeinigt, beschwor sie immer wieder: „Hör mich doch an, Schönäugige!" Endlich gab sie nach und sagte: „Gut, dann wollen wir in der Einsiedelei leben, wie es uns gefällt." Als der Asket das hörte, baute er ein herrliches Haus und lebte mit ihr darin, ständig mit dem Liebesspiel beschäftigt.

Nachdem sie so Tag für Tag der Liebe gepflegt hatten, wurde sie schwanger, und als die Zeit herum war, wurde ihnen ein Sohn geboren. Der Asket aber nahm den Kleinen in seine Arme und spielte in der Einsiedelei stets mit ihm. Der Junge beschmutzte seine Glieder, und Tag um Tag versäumte er die religiösen Zeremonien und die heiligen Waschungen. Nachdem das Kind ein Jahr alt geworden war, sagte die Hetäre zu dem Asketen: „Höre, du Weiser, wir wollen von hier fortgehen und uns einen anderen Aufenthaltsort suchen. Ein Hausvater soll nicht im Walde leben, das entspricht nicht seinem Pflichtenkreis.[2] Auch gibt es in diesem Walde Tiger, Löwen und andere wilde Tiere. Wie sollen wir unser Kind vor ihnen schützen? Deshalb laß uns in irgendeiner Stadt unseren Wohnsitz nehmen." — „Wir wollen gehen, wohin du magst", antwortete er darauf, sie aber sagte: „O Weiser, ich weiß schon eine Stadt. Nimm du den Jungen mit seinem Bettchen auf die Schulter und komm mit mir." Der Asket nahm das Kind hoch und machte sich mit ihr zusammen bereit. Die Kurtisane ging selbst voraus, ließ den Asketen hinterhergehen und gelangte so nach Pratishthanapura. Dort ging sie zum Hofe des Königs, brachte den Asketen vor den König und blieb dort. Als der König sah, daß der Asket einen Sohn hatte, begann er zu lachen. Dann legte er den Finger an die Zähne und sprach: „Nun, Weiser, hast du deine Askese vollendet?" Dieser erwiderte: „Höre, König,

wo bleibt Gebet, wo das Kasteien, wo frommes Sich-
Versenken schon, wenn die Geliebte, deren Gang so

elefantenkönigsgleich, wenn mondgesichtig, löwenhüftig
sie ständig mir im Herzen wohnt?"

Da sprach der König:

„Den Körper mit Safranflecken geziert, Perlenschnüre zitternd an hellfarbener Brust, wie Schwanenschrei klingend die Ringe an ihren Lotusfüßen — wen unterwirft eine solche Schöne sich nicht?"

Kaum vernahm er diese Worte, so ergriff der Asket im Angesicht des Königs den Knaben bei den Füßen und warf ihn voller Wut auf die Erde. Da fiel der Kopf des Knaben in des Königs Palast, der Rumpf in das Haus eines Ölmüllers, die Füße aber in das Haus eines Töpfers. Der Asket begab sich wieder in seinen Wald, die Kurtisane aber ging nach Hause, nachdem sie ihr Dorf erhalten hatte.

An ebendemselben Tage wurde die Hauptgemahlin des Königs schwanger, und auch die Frau des Töpfers und des Ölmüllers empfingen eine Leibesfrucht. Als diese ihre Reife erreicht hatte, wurde dem König und den anderen beiden am gleichen Tage ein Sohn geboren. Nun ließ der König in seinem Palast ein großes Fest ausrichten und schenkte, weil er einen Sohn bekommen hatte, den Brahmanen, Gelehrten und vielen anderen Leuten Speise, Kleidung und anderes mehr. Man ließ auch die fünf Trommeln ertönen. Ein Astrologe wurde herbeigerufen, um dem Knaben das Horoskop zu stellen. Nachdem er mit Hilfe der Wasseruhr die astrologischen Tafeln ausgefüllt hatte, rief er aus: „O König, dein Kind ist in einem glücklichen Moment zur Welt gekommen. Fünf Gestirne befinden sich auf ihrem höchsten Stand. Man sagt:

„Steht im Widder die Sonne, im Stiere der Mond, im Zeichen der Jungfrau Merkur, in den Fischen die Venus, im Krebs Jupiter, dann heißt dies der ‚Höchststand der Fünf'.

König, dieser Knabe ist äußerst glückverheißend geboren. Er und der Sohn des Töpfers und der des Ölmüllers sind am gleichen Tage am gleichen Zeitpunkt zur Welt gekommen. Diese Konstellation wird zur Folge haben, daß von den dreien einer übrigbleibt, nachdem er die anderen ums Leben gebracht hat. Dieser eine wird ein großer Erdenherrscher werden. König, dein Söhnchen wird schnell zu großer Heldenkraft kommen. Deshalb soll der Name des Knaben Vikramaditya, Sonne der Heldenkraft, sein."

Da er dies vernommen hatte, beschenkte der König erfreut den Astrologen mit Gold, Rindern und anderen Dingen. In ebenderselben Weise wurde nun auch im Hause des Töpfers und des Ölmüllers den Knaben das Horoskop gestellt: „Wer von den dreien den anderen tötet und selbst am Leben bleibt, der wird ein großer Erdenherrscher werden", so verkündete der Astrologe auch dort.

Nach einiger Zeit vollzog König Gandharvasena bei dem Knaben die Zeremonie des Haarschneidens,[3] und in seinem sechsten Lebensjahre legte man ihm den Gürtel aus Munja-Gras an. Nach und nach lehrte man ihn die heiligen Schriften, den Gebrauch der Waffen und die Kriegskunst. In der Zwischenzeit starb Gandharvasena, denn seine Zeit war abgelaufen. Auf Veranlassung des Ministers und unter Anteilnahme aller Bewohner der Stadt fand die Verbrennung des Königs auf einem Scheiterhaufen aus Sandelholz statt. Nachdem Vikramaditya die Totenspende dargebracht hatte, veranstaltete man für die Brahmanen ein Mahl.

Eines Tages berechnete der Minister den Tag, die günstige Stunde und den (für die Königsweihe) günstigen Augenblick und verlieh Vikramaditya, der sich noch im Knabenalter befand, das Zeichen des Königs. Darauf übernahm Vikramaditya die Königsherrschaft. Die Stadtbewohner brachten ihm ihre Verehrung dar. Von diesem Tage an herrschte er über das Reich und schützte es.

Eines Tages hörte der Töpfer von seiner Mutter, was es mit seiner Geburt auf sich hatte, und sprach bei sich: „Nun, wenn das Wort des Astrologen einträfe, dann würde ich König werden. Zuerst will ich den Ölmüller umbringen und dann auch den König töten. So werde ich selbst an die Herrschaft gelangen. Deshalb will ich mich bemühen, heißt es doch:

> Zu unternehmenden Menschen und Mutigen kommt auch das Glück. Nur Zwerge sagen: ‚Das Schicksal ist Grund aller Dinge.' Das Menschliche tue aus eigener Kraft und bezwinge das Schicksal. Gelingt es dir nicht, trotz Bemühen, was wär daran schlecht?

Oder auch:

> Die Trägheit als ein großer Feind im Körper jedes Menschen wohnt. Kein besserer Freund ist als der Fleiß: Er schafft und wird nicht müd dabei."

So beschloß er in seinem Geiste und freundete sich mit dem Ölmüller an. Ständig brachte er ihm die verschiedensten Dinge zum Geschenk. Nach einiger Zeit bat er ihn dann: „He, Freund, gehe doch einmal mit mir in den Wald, Brennholz zu holen.“ Der Ölmüller antwortete: „Gut, ich gehe mit dir“, und so gingen Töpfer und Ölmüller miteinander in den Wald. Als der Töpfer sah, daß der Wald menschenleer war, daß er also sein Vorhaben in die Tat umsetzen konnte, tat er dem Ölmüller einen Strick um den Hals und brachte ihn ums Leben. Danach hängte er den Toten mit dem Strick an einen Schimschipa-Baum, selber aber ging er auf verborgenem Wege in die Stadt zurück.
Die Stadtbewohner jedoch fanden heraus, daß der Töpfer den Ölmüller getötet hatte, und brachten es vor den König. Dieser hörte sich an, was sie zu sagen hatten, dann schickte er den Stadtwächter, um ihn gefangennehmen zu lassen. Der Töpfer aber war aus Furcht vor dem König aus dem Lande geflohen. Da berichtete der Wächter dem König: „O Herr, aus Furcht vor Euer Gnaden hat er sich davongemacht.“ Nun wurde sein Haus ausgeräumt und das Haus samt allem Zubehör zerstört. Als König Vikramaditya sein Reich so von einem Feind befreit sah, war er innerlich voller Freude.

Verehrung dem Ganescha!

Ich neige mein Haupt vor dem Gott, dem Führer und Herren der Schar,[4] und zur Ergötzung der Menschen erzähle ich diese Geschichte. Menschen von niedriger Art beginnen fürwahr nie etwas, aus Furcht, sie würden gehindert.

Haben Mittelmäßige etwas begonnen, so lassen sie gleich davon ab, wenn es ein Hindernis gibt; doch Menschen von hohem Charakter führen Begonnenes fort trotz tausenderlei Hindernis.

Mancher Verständige liebt die angenehme Rede, mancher die Rede von doppeltem Sinn, mancher auch eine Rede voller Empfindung — all diesen Wünschen will ich entsprechen.

Im Lande Dakschinapatha liegt die Stadt Pratishthana. Dort herrschte König Vikramasena, an Glanz der Sonne zu vergleichen, hell leuchtend wie des Blitzes Strahl, auf seinem wunderbaren Thron umringt von der Minister Schar, schön wie der Liebesgott Kandarpa, wie Vischnu allen Menschen lieb, sich in Grenzen haltend wie das Meer, den Weisen allezeit ein Gleicher; stets von großer Freigebigkeit, in allen Bräuchen wohlbewandert, dem allvernichtenden Feuer gleich im Zorne, wie Blitze millionenfach leuchtend, von großer Schönheit, würdevoll, strebend und voller Majestät, strahlend in seines Ruhmes Macht war er der Stolz seines Geschlechts.

Dieser König, durch solche Eigenschaften ausgezeichnet, ging stets zur vorgeschriebenen Zeit in den Audienzsaal. Eines Tages kam von irgendwoher ein Asket mit Namen Schantischila. Mit einer Frucht in der Hand trat er in die Halle ein und überreichte diese Frucht dem König, der ihm dafür einen Sitz und Betel anbot. Der Asket aber verweilte nur einen Augenblick, dann ging er wieder seiner Wege. So kam er nun jeden Tag, um dem König eine Frucht als Geschenk zu bringen.

Eines Tages fiel dem König eine Frucht aus der Hand. Ein Affe griff danach und brach sie auf. Da fiel aus ihrer Mitte ein Edelstein zur Erde, so herrlich leuchtend, daß sich überall ein heller Glanz ausbreitete. Der König wunderte sich sehr und sprach: „Sage mir, Asket, warum hast du mir ein so wundervolles Juwel gebracht?" — „Höre, König", antwortete der Asket, „in den Lehrbüchern heißt es:

Zum König, zum Arzt und zum Lehrer, zu dem, der die Zukunft vorhersagt, zum Sohn und zum Freund komme niemals mit leerer Hand. Denn die Frucht weist schon hin auf den Erfolg.

O König, zwölf Jahre lang habe ich dir jetzt Früchte gebracht, in denen Edelsteine verborgen lagen." Als der König diese Rede vernahm, rief er seinen Schatzmeister herbei: „Schatzmeister, du hast doch die Früchte, die der Asket uns schenkte, im Vorratshaus verwahrt. Bring sie alle einmal her!" Auf des Königs Geheiß holte der Schatzmeister nun alle Früchte herbei. Als man sie öffnete und in jeder einen Edelstein fand, war der König höchst erfreut. Er besah sich die große Menge von Edelsteinen und sprach: „O Asket, weshalb hast du mir all diese kostbaren Juwelen gebracht? Ich kann dir nicht einmal für einen dieser Steine zahlen, was er wert ist. Was begehrst du also?" Der Asket erwiderte:

Vernehmen sechs Ohren einen Plan, so wird er verraten. Vernehmen ihn vier, ist er sicher. Hören jedoch nur zwei Ohren davon, gelangt er nicht einmal zu Brahma. Auf den Höhen der Berge, heimlich auf dem Dach des Palastes oder im menschenleeren Walde, dort soll man der Beratung pflegen. Auch Dinge, die wenig bedeutungsvoll sind, bespreche man nie in der Öffentlichkeit, so lehrte es einst Brihaspati[5].

Einen Zauberspruch, eine Arznei, den Dharma[6] und Schwierigkeiten im Hause, den Liebesakt und schlechte Speise, ein böses Gerücht und die eigenen verwundbaren Punkte — dies alles tut der Verständige nicht jedermann kund.

Herr, ich will es dir erklären." Darauf schickte der König alle Anwesenden hinaus, und der Asket sprach: „Herr, am vierzehnten Tage der dunklen Hälfte dieses Monats[7] will ich auf einem Leichenplatz am Ufer der Godavari eine Beschwörung vollziehen. Wenn ich sie vollbracht habe, werden mir die acht großen Zauberkünste zu Gebote stehen, nämlich

sich sehr klein oder sehr groß, sehr leicht oder sehr schwer zu machen, überall hinzugelangen, alle Willensfreiheit zu haben, alles zu beherrschen und sich jedes Wesen gefügig machen zu können — dies sind die acht Zauberkünste.

Jedoch nur ein mutiger Mann kann helfen, das Werk zu vollenden. Verläßt ihn der Mut, so zerstört er die Wirkung des Zaubers. So mutig wie du ist kein andrer, so scheint mir, drum möchte ich dich zum Helfer bei dieser Beschwörung gewinnen.

Deswegen hilf mir nun. Komm des Nachts allein und nur mit einem Schwert bewaffnet zu mir." Der König willigte ein mit den Worten: „Ich werde tun, wie du gesagt hast." Darauf entfernte sich der Asket unverzüglich, brachte alle nötigen Gegenstände zusammen und begab sich am Tage des Neumonds zu dem Leichenplatz. Der König seinerseits legte dunkle Kleider an und ging, als es Nacht wurde, ebenfalls dorthin. Als der Asket ihn gewahrte, war er voller Freude und sprach: „O König, ein halbes Yojana[8] von hier liegt ein Leichenplatz. Dort hängt an einem Schimschipa-Baum ein

Toter. Gehe hin, nimm den Leichnam vom Baume und komm eilends wieder hierher. Sprichst du aber ein Wort, dann kehrt der Leichnam zu seinem Baum zurück." So machte sich der König auf den Weg, zu dem Schimschipa-Baum, unvergleichlich in seiner Tapferkeit.
Der König erreichte den Platz ohne Zagen, den Leichenplatz, völlig in Rauch gehüllt, der alles entsprechende Zubehör zeigte:

> Berge von bleichen Knochen, gehirnbeschmiert und blutbefleckt, gleichsam ein Lusthain Kalas, mit Schädeln, des Todesgottes Trinkschalen, übersät, dunkel und finster vor Rauch, erfüllt vom Gebrüll der Dämonen, erhellt von den zuckenden Flammen der Scheiterhaufen, als hätte sich eine todbringende Wolke erhoben. Ein Durcheinander von Eingeweiden, von Geiern in Ketten herausgezogen, der Platz erbebend vom „Tanz der Plejaden", als tanze der trunkene Schiva zum Fest; hallend vom Fußringgeklingel der Schar von wandernden Hexen, Wind, wehend aus Löchern der morschen Knochen, die ihnen als Nasenschmuck dienen; Heimstätte jeglichen Schmerzes, scharenweis heimgesucht von Gespenstern, klebend von Schleim aus zahlreichen Löchern des Leibes; überall sah man Dämonen, Vetalas und Geister, den Mund voller Fleisch und durch Rauschtrank beschwingten Geistes.

Als der König nun dorthin kam, stieg er auf den Schimschipa-Baum, schnitt mit einem Messer die Stricke durch und ließ den Leichnam zur Erde fallen. Wie aber sah dieser Leichnam aus?

> Einer blauschwarzen Gewitterwolke gleich, fürchterlich, mit gesträubtem Haar, rundäugig starrend, ohne Fleisch, schön mit der Toten Zeichen geschmückt.

Kaum war der König herabgestiegen, als der Leichnam auch schon wieder an ebendemselben Ast hing. Von neuem stieg da der König auf den Baum hinauf, lud sich aber diesmal den Leichnam auf die Schulter, kletterte hinab und machte sich auf den Weg. Als er nun so eilig voranschritt, redete ihn der Vetala, der in dem Körper des Toten wohnte, an und sprach: „O König!

> Der Kluge vertreibt sich die Zeit mit der Dichtkunst; dem Törichten verstreicht sie mit Unglück, mit Schlaf oder Streit. Was wäre die Schönheit ohne den Anstand, was

wäre die Nacht ohne Mond? Was nützt wohl die beste Redegewandtheit, ist sie nicht mit rechter Weisheit gepaart?

Höre mir zu, König, denn ich will dir eine Geschichte erzählen."

In der Stadt Varanasi lebte einst ein König mit Namen Pratapamukuta, der hatte einen Sohn, Vajramukuta. Selbiger ging einmal mit dem Sohne des Ministers, Buddhisena, weit in den Wald hinein auf die Jagd. Als sie beide vollkommen der Lust des Jagens hingegeben waren, erblickten sie um die Mittagszeit einen See,

mit Schwänen und Enten übersät, von Cakravaka Vögeln geschmückt, bedeckt mit den Blüten der Wasserlilie, Knospen und Blüten des Lotos, weiß, blau und rot, belebt von Fischen und Wasserschildkröten, dicht von duftenden Bäumen umsäumt. Halbgeschlossene Kadali-Blüten, emsig umsummt von den Bienen, begehrten sein Wasser. Das Schreien der Hühner, der Pfauen, Bherunda- und Cakora-Vögel erfüllte sein Ufer. Lieblich hallten die Rufe des Kuckucks und der Gesang der Nachtigall wider. Zahlreiche Wasserhühner bevölkerten seine strömenden Wellen.

Dort stiegen die beiden vom Pferd. Als sie sich Hände, Füße und Gesicht mit Wasser erfrischten, fiel ihr Blick auf einen Tempel. Sie gingen hinein, um die Gottheit dieses Tempels zu verehren, sagt man doch:

Könnten mir doch die Tage verstreichen irgendwo in einem heiligen Wald, wo Schlange ich wie Perlenschnur, den starken Gegner wie den Freund, den Edelstein wie den Erdenkloß, ein Lager aus Blüten wie eines aus Steinen, den Grashalm wie das Weibervolk mit gleichem Blick betrachten könnte. Wenn der alles durchdringende Schiva in der Unterwelt und im Luftraum wohnt, in allen Himmelsgegenden, im Himmel und auf Bergeshöhn, im Meer, der Asche und im Holz, in Festem und Beweglichem, im Samen aller Pflanzen auch, bei Göttern und bei Asuras, im Blumenblatt, in des Grashalms Spitze — so gibt es keinen anderen Gott.

Wie der Königssohn noch damit beschäftigt war, der Gottheit seine Verehrung darzubringen, kam zu dem See ein Mädchen aus vornehmer Familie samt ihren Gespielinnen, um zu baden. Sie stieg ins Wasser, erwies nach dem Bade der Gauri und anderen Göttern die gebührende Ehre und wandte sich bereits wieder zum Gehen, als sie der Königssohn erblickte. Beide schauten einander verstohlen an und wurden sogleich von den fünf Pfeilen des Liebesgottes getroffen, die man „Ausdörren", „Entflammen", „Verwirrung", „Umwerfen" und „Außer-Sich-Geraten" nennt. Sie bezeichnete ihm den Ort für ein Stelldichein, und zwar auf folgende Weise: Von der Stirn nahm sie eine Lotosblüte, führte sie ans Ohr, vom Ohr an die Zähne, von den Zähnen zum Herzen und von dort zu den Füßen. Darauf ging sie nach Hause. Der Königssohn blieb wie betäubt zurück. Bei dem Gedanken an sie wurde sein Körper gleichsam zerrissen. Da sprach der Ministersohn ihn an und fragte: „Freund, was bist du so verstört? Sag mir den Grund dafür." Voller Schmerz über die Trennung erwiderte ihm der Prinz: „Lieber Freund, an diesem Teich habe ich eben ein überaus schönes Mädchen gesehen, doch weiß ich nicht, wo sie wohnt. Wenn sie meine Gattin wird, bleibe ich am Leben, wenn nicht, so sterbe ich ganz gewiß." Als er ihn so reden hörte, fragte der Ministersohn weiter: „Freund, was hat sie dir zu verstehen gegeben? Sage es mir, dann will ich darüber nachdenken und es dir deuten" — „Woher willst denn du es wissen?" sagte der Prinz verwundert. Darauf entgegnete ihm der Sohn des Ministers:

> „Tut man etwas mit Worten kund, begreift's sogar das Vieh. Pferde und Elefanten ziehen ja den Wagen, treibt man sie nur dazu an. Ein kluger Mensch aber versteht auch die unausgesprochne Bedeutung, denn aus den Gesten der anderen ziehn die Verständigen ihr Wissen. Gestalt, Gebärden und Gang, Bewegung des Körpers und Sprache, Verziehen der Augen, des Mundes haben oft eine geheime Bedeutung.

Deshalb laß mich wissen, was sie getan hat." — „Ich will dir beschreiben, welche Gebärden sie gemacht hat", sagte der Königssohn, „denn ich kann sie nicht deuten. Sie nahm von der Stirn eine Lotosblüte, hielt sie ans Ohr, danach an die Zähne, dann ans Herz und schließlich an die Füße. Darauf ging sie nach Hause." Nach kurzem Überlegen erklärte der Ministersohn: „Höre, was sie dir zu verstehen gibt. Als sie die Lotosblüte von der Stirn zum Ohr führte, meinte sie damit: Meine Heimatstadt ist Karnakubja. Als sie sie an die Zähne hielt, bedeutete das: Ich bin Dantaghatas Tochter. Als sie sie zum Herzen führte, wollte sie sagen: Du wohnst als Geliebter in meinem Herzen. Und als sie sie an die Füße hielt: Ich heiße Padmavati.'"[9] Wie nun der Königssohn das vernahm, sprach er wiederum: „Wenn sie die Meine wird, bleibe ich am Leben, wenn nicht, so sterbe ich. Auf, mein Freund, ich will hingehen, wo meine Geliebte weilt." Die beiden machten sich also auf und erreichten die Stadt. Im Hause einer Bettelnonne stiegen sie ab, denn es heißt:

> Die Bettelnonne, die Hure, die Amme, die Wäscherin und die Nachbarin, vor diesen soll man die Gattin hüten, denn oft sind sie Botinnen der Liebe.

Der Königssohn erkundigte sich bei der Bettelnonne: „Alte, wohnst du schon immer in dieser Stadt?" — „Ja", antwortete sie, „schon immer." Darauf fragte der Königssohn: „Wohnt hier eine Königstochter mit Namen Padmavati?" — „Ja, es gibt hier eine Padmavati, König Dantaghatas Tochter. Ich gehe bei ihr aus und ein." — „So sollst du heute zu ihr gehen", sagte der Ministersohn. Nun band der Prinz einen Blumenstrauß, die Bettelnonne aber ging unterdes anderen Geschäften nach. Als sie diese erledigt hatte, kam sie wieder, nahm das Blumengebinde und ging zu Padmavati. Vorher hatte der Königssohn ihr aufgetragen: „Paß auf, der Padmavati sollst du sagen: Der Königssohn, den du am See getroffen hast, ist gekommen und hält sich hier auf." — „Gut", meinte die Alte, „das werde ich ihr bestellen."

Als sie zu Padmavati kam, erzählte sie ihr die ganze Begebenheit. Padmavati aber hatte durch das Blumengebinde schon alles erraten. Zorn vortäuschend, rieb sie ein wenig rote Sandelholzpaste auf die Hände, schlug ihr damit auf beide Wangen und schalt ärgerlich: „Wenn du in meiner Gegenwart noch einmal solche Reden führst, lasse ich dich schlagen. Mach dich fort!" und wies sie hinaus. Die Bettelnonne kehrte niedergeschlagen zum Königssohn zurück. Als dieser sie ansah, wurde er ganz verzagt. Sie erzählte nun, was Padmavati getan hatte. „Was soll das, Freund?" rief der Königssohn aus. Der Ministersohn aber erwiderte: „Laß den Mut nicht sinken, dahinter steckt ein bestimmter Sinn. Durch die Schläge mit den sandelbeschmierten Händen wollte sie dir zu verstehen geben: Warte zehn Tage, bis es Neumond geworden ist."

Als die zehn Tage um waren und die dunkle Monatshälfte

begann, schickte er die Alte wieder hin. Padmavati sah sie kommen, schlug ihr mit drei Fingern, die mit Safransalbe bestrichen waren, auf die Stirn und schickte sie fort. Wiederum war der Königssohn, als er sie kommen sah, in heller Verzweiflung. „Ach Freund“, sagte er, „was soll ich nur tun? Heute werde ich gewißlich sterben.“ Aber der Ministersohn redete ihm gut zu: „Bleib standhaft! Es steckt wieder ein Sinn dahinter, sagt man nicht:

> Am ersten Tage gleicht sie einer Candala-Frau, am zweiten einer Brahmanenmörderin, am dritten einer Wäscherin; erst am vierten Tage ist sie wieder rein.[10]

Herr, gegenwärtig sind die Tage ihres Unwohlseins. Am vierten Tage wird sie sich durch ein Bad reinigen.“ Also schickten sie nach vier Tagen abermals die Bettelnonne hin. Padmavati schaute sie an, als sie kam, band sie mit festen Stricken und schickte sie durchs Hinterpförtchen wieder hinaus. Schlecht gelaunt kehrte die Alte nach Hause zurück. Sie erzählte, was vorgefallen war. Der Ministersohn dachte nach und sprach dann: „Herr, du sollst heute nacht durch die Hintertür zu ihr gehen.“ Als er das hörte, erschienen dem Prinzen die restlichen Tagesstunden so lang wie hundert Jahre. Am Abend schmückte er sich und ging in Begleitung des Ministersohnes zu dem Hinterpförtchen. Dort wurde er mit festen Stricken von den Dienerinnen auf das Dach des Hauses gezogen, der Ministersohn aber wandte sich um und ging nach Hause.

Endlich bekam so der Königssohn Padmavati zu Gesicht. Er redete sie an und fragte nach ihrem Ergehen. Darauf badete er, aß, ließ sich mit Gewändern und anderen Dingen schmükken und mit wohlriechenden Salben einreiben, nahm schließlich Betel und legte sich auf das Liebeslager. Als er nach dem Liebesgenuß auf dem Bette lag, sagte Padmavati zu ihm: „Herr, verzüglich hast du erraten, was ich dir mitteilen wollte.“ Er jedoch meinte: „Nicht ich habe es herausgefunden, sondern mein kluger Freund.“ — „Ich bin sehr zufrieden mit deinem Freund“, sagte Padmavati, „morgen will ich ihm einen süßen Kuchen backen.“

Am anderen Morgen, als er zurückkam, erzählte der Prinz seinem Freund davon. Es heißt nämlich:

> Sie gibt, sie empfängt, sie ruft im geheimen herbei, sie fragt, sie genießt, und sie läßt genießen — dies sind die sechs Zeichen der Liebe.

„Freund“, sagte er, „heute um die Mittagszeit wird man uns eine Speise schicken, die allein für dich zubereitet ist.“ Da sprach der Ministersohn: „Gewiß wird man mir vergiftete Kuchen bringen, Herr.“ Als die Zeit heran war, brachte eine Dienerin die Kuchen, die tatsächlich vergiftet waren. Der Ministersohn besah sie sich und warf einen der Kuchen einem Hunde hin. Kaum hatte der ein Stück davon gefressen, als er auch schon tot umfiel. Beim Anblick des toten Hundes wurde der Königssohn sehr zornig und rief: „Mit einer, die meinem Freund nach dem Leben trachtet, will ich nichts mehr zu tun haben.“ — „Herr“, beschwichtigte ihn sein Freund, „sie ist überaus in dich verliebt. Die Liebe ist nun einmal so. Sieh:

> Hängen Frauen einem vorzüglichen Manne an, so achten sie Eltern und Verwandte, Heimat, Götter und selbst das Leben gering.

Auch sagt man:

> Wessen Speise sie ißt, in wessen Hause sie wohnt, dem erweist sie Liebes in Taten, Gedanken und Rede. Weise preisen die Freundschaft, die der Milch und dem Wasser gleich ist; das Wasser mischt sich dabei mit der Milch — solch einem Trank droht nicht einmal vom Feuer Gefahr.

Genug der Worte! Wir wollen es so machen, Herr, wie ich es sage. Heute nacht genieße du mit ihr alle Freuden der Liebe und versetze sie in höchstes Entzücken. Dann bringe ihr auf dem linken Schenkel mit den Fingernägeln das Zeichen des Dreizacks bei, nimm ihre Kleider und ihren Schmuck an dich und komme zu mir.“ Der Königssohn tat alles, wie der Ministersohn ihn geheißen hatte, und begab sich dann zu ihm. In der Zwischenzeit war der Ministersohn zum Leichenplatz gegangen und hatte sich dort niedergelassen, angetan mit allen äußeren Kennzeichen eines Yogi:

> Eine Haarflechte als Diadem auf dem Kopfe tragend, die Stirn mit dem Zeichen des Halbmonds geziert, im Lotossitz, schweigend, mit halbgeschlossenen Augen, so saß er da.

Von den Sachen der Padmavati gab er dem Königssohn einen Ring und schickte ihn auf den Markt, damit er ihn verkaufe. Der Königssohn ging dorthin und zeigte den Ring den Goldschmieden. Diese sagten sofort: „Oh, dies ist doch der Schmuck der Königstochter.“ Schnell liefen sie zum Schatzmeister und erzählten ihm davon. Der Schatzmeister hielt den

Prinzen an und fragte ihn: „He, du mit der Waffe in der Hand, woher hast du diesen Schmuck?" Er antwortete: „Mein Lehrer hat ihn mir gegeben", und führte den Schatzmeister zu ihm. Der Schatzmeister befragte den Asketen: „Sage, woher ist dieser Schmuck, der das Zeichen des Königs trägt?" Der Yogi erwiderte: „Heute, am vierzehnten Tage der dunklen Monatshälfte, als ich gerade mit roten Blumen einen Kreis legte und die Götter verehrte, sah ich ein paar Hexen, als sie eben einen Mann zerfleischten, in Teile teilten und fraßen. Ich nahm einen Dreizack und lief hinzu. Als sie meine zornige Stimme hörten, stoben sie nach allen Seiten auseinander. Eine von ihnen verwundete ich mit dem Dreizack am Schenkel. Vor Schreck ließ sie Kleider und Schmuck fallen. Beides hob ich auf und nahm es mit." Als er dies vernahm, ging der Schatzmeister zum König und erzählte ihm die Geschichte. Der König hörte sich alles an und befahl dann der Kammerfrau: „Geh, zieh der Padmavati die Kleider aus und schau nach, ob du auf dem linken Schenkel ein Mal entdecken kannst." Auf des Königs Geheiß ging sie zu Padmavati, untersuchte sie, fand das Mal und berichtete dem König: „Herr, was der Schatzmeister gesagt hat, ist wahr. Man darf es nur nicht offenbar werden lassen, es heißt nämlich:

> Verlust des Vermögens, Herzenskummer und Übles im Hause, Betrug oder Täuschung tut der Verständige nicht jedermann kund."

Da sprach der König: „Schatzmeister, gehe noch einmal zu dem Asketen und frage ihn, welche Strafe sie erleiden soll." Der Schatzmeister tat so, und der Asket sprach:

> „Brahmanen und Kühe, Frauen, Verwandte und Kinder, wen man ernährt, wem man Schutz gewährt, den darf man nicht töten.

Den Lehrbüchern zufolge verdient eine Frau, die ein schweres Verbrechen begangen hat, die Ausweisung."

Da jagte der König, ohne der Sache weiter nachzugehen, Padmavati aus der Stadt. Dort nahmen der Prinz und der Ministersohn das Mädchen zu sich aufs Pferd, ritten mit ihr in ihre Heimatstadt zurück und feierten dort die Hochzeit. Dantaghata, als er davon Kunde erhielt, starb vor Kummer über seine Tochter, die Mutter bestieg den Scheiterhaufen und ging ebenfalls in Yamas Reich ein.

Damit beendete der Vetala seine Geschichte und fragte den König: „Sage mir, König, wer hat hier übel gehandelt? Weißt du es und antwortest mir nicht, so wird dir das Herz zerspringen, daß du stirbst." Da erwiderte Vikramasena: „Die Schuld liegt bei dem König, denn er hat die Angelegenheit nicht weiter untersucht." Kaum hatte der Vetala dies vernommen, verschwand er, und der Leichnam hing wieder an seinem Baum.

Dies war die erste der fünfundzwanzig Erzählungen des Vetala, wie sie von Schivadasa verfaßt wurde.

Der König ging nun abermals zu dem Schimschipa-Baum, holte den Toten herab, lud ihn auf die Schulter und machte sich wieder auf den Weg. Da begann der Vetala von neuem zu sprechen: „Hör zu, König, was ich dir jetzt erzähle!"

Einst lebte in der Stadt Dharmasthala der König Gunadhipa. In der gleichen Stadt lebte auch ein Brahmane mit Namen Keschava, dessen Tochter war wegen ihrer Schönheit weit berühmt. Sie hatte gerade das heiratsfähige Alter erreicht, und es waren auch schon drei Brahmanenjünglinge gekommen, um sie zur Frau zu gewinnen, alle drei von gleichen Tugenden. Keschava dachte bei sich: „Ein Mädchen und drei Freier — wem soll ich sie geben, wem sie verweigern?" Als er noch so am Überlegen war, wurde seine Tochter von einer Schlange gebissen. Man holte Zauberkundige herbei, die untersuchten sie und sagten dann: „Dieses Mädchen wird an dem Biß der Schlange sterben, denn:

> Das fünfte, neunte und sechste, das vierzehnte und das achte Mondhaus[11] sind für einen Gebissenen von schlechter Bedeutung und zeigen den Tod an. Mars und Saturn, das Ergreifen (von Sonne und Mond durch die Planeten Rahu und Ketu)[12], das man als Verfinstern bezeichnet, dies nennen die Kundigen unglückselig für einen Gebissenen. Ungünstig sind für den Kranken, sagt man, die sieben: Rohini, Magha, Aschlesha, Vischakha, Mula, die Krittikas, Ardra. Trifft der Biß die Sinne, die Lippen, die Schläfen, das Kinn und die Wangen, Hals, Stirn oder Kopf, die Arme, die Hüften, die Gegend des Herzens oder

des Nabels, die Schulter, den Bauch und die Achselhöhle, Hände, Füße oder Gelenke, so bleibt der Betroffene wohl nicht am Leben. Beißt einen die Schlange in einem verwilderten Park, auf einem Leichenplatz oder einer Kultstätte oder gar auf dem Dach eines Hauses, so geht er in Yamas Reich ein. Hitze und Schweiß, Erbrechen und Schluckauf, auch vor Schmerzen gekrümmte Glieder, Taumeln, Verlust des Lichtempfindens — dies zeigt den Schlangengebissenen an."

Als Keschava dies von den Zauberkundigen gesagt bekam, begab er sich sogleich zum Ufer des Flusses und vollzog die Totenriten. Auch die drei Freier kamen zu dem Leichenplatz. Der eine bestieg mit dem Mädchen den Scheiterhaufen, der zweite baute sich am Rande des Platzes eine Hütte und blieb dort wohnen, der dritte aber wurde Asket und wanderte in die Welt hinaus.

Einst kam er dabei irgendwo in einer Stadt in das Haus eines Brahmanen, um Speise zu erbitten. Der Hausherr lud ihn ein: „O Asket, nimm deine Mahlzeit hier bei uns ein." So setzte er sich nieder, nachdem die Brahmanenfrau ihm das Essen hingestellt und ihm einen Sitz angeboten hatte. Plötzlich begann im Innern des Hauses ein Kind zu weinen. Voller Zorn ergriff die Frau des Brahmanen das Kind und warf es ins offene Herdfeuer. Der Asket, der diese grausame Tat mit ansah, rührte daraufhin das Essen nicht an. „Warum ißt du nicht, Asket?" fragte ihn der Hausherr. Er aber entgegnete: „Soll ich die Speise eines Menschen essen, in dessen Haus man so schreckliche Dinge tut?" Als er dies hörte, brachte der Brahmane aus dem Innern des Hauses ein Buch herbei. Er schlug es auf, murmelte eine Beschwörungsformel, und das Kind erhob sich lebendig aus der Asche. Der Asket, der diese merkwürdige Sache mit ansah, dachte bei sich: „Wenn dieses Buch in meine Hände käme, könnte ich damit meine Liebste wieder lebendig machen." So blieb er in dem Hause, ohne sich etwas anmerken zu lassen. Des Nachts drang er in das Hausinnere ein, stahl das Buch und eilte zu dem Leichenplatz.

Der auf dem Leichenplatz wohnen geblieben war, fragte ihn: „Nun, Freund, hast du auf deiner Wanderung Wissen erworben?" — „Ich habe die Kunst erlernt, jemanden wieder lebendig zu machen", antwortete ihm der Asket. Sagte da der andere: „Dann gib der, die uns lieb ist, das Leben zurück."

Also holte der Brahmane das Buch hervor, schlug es auf, murmelte die Beschwörungsformel, versprengte ein wenig Wasser und erweckte das Mädchen wieder zum Leben, dazu auch den, der mit ihr zusammen in den Tod gegangen war. Sofort fingen die drei Brahmanen an, um sie zu streiten, und warfen sich zornige Blicke zu.

Damit beendete der Vetala seine Geschichte und fragte den König: „König, welchem von diesen gehört das Mädchen als Gattin?" Vikramasena antwortete: „Höre,

> der das Mädchen zum Leben erweckte, ist als ihr Vater anzusehn; der sich mit ihr das Leben nahm, muß als ihr Bruder gelten. Doch soll sie dessen Gattin sein, der dort den Platz in Ehren hielt."

Kaum hatte er dies vernommen, verschwand der Vetala, und der Leichnam hing wieder an seinem Baum.
Dieses war die zweite der fünfundzwanzig Erzählungen des Vetala, wie sie von Schivadasa verfaßt wurde.

Der König ging nun abermals zu dem Schimschipa-Baum, holte den Toten herab, lud ihn sich auf die Schulter und machte sich wieder auf den Weg. Da begann der Vetala von neuem zu sprechen: „Hör zu, König, was ich dir jetzt erzähle!"

Es war einmal eine Stadt, die hieß Bhogavati. Dort herrschte König Rupasena. In seinem Palast hatte er einen Papagei, den er Vidaghacudamani rief. Einst fragte ihn der König: „He, Papagei, über welches Wissen verfügst du?" — „Alles weiß ich, Herr", antwortete der Papagei. „Nun", sagte der König, „wenn du alles weißt, dann verrate mir doch, wo eine für mich passende Gemahlin wohnt." Darauf der Papagei: „Im Lande Magadha lebt der König Magadheschvara mit seiner Tochter Sundari. Sie wird deine Frau werden."
Die Tochter Magadheschvaras aber war in ihrem Gemach und fragte ihre Vertraute, die Predigerkrähe Madanamanjari: „Meine Liebe, sag mir doch, gibt es irgendwo einen passenden Gatten für mich?" — „Herrin", antwortete ihr die Predigerkrähe, „in der Stadt Bhogavati lebt König Rupasena, der

wird dein Gatte werden." Bei diesen Worten wurde Sundari von Sehnsuchtsschmerz ergriffen. Bald darauf kamen Rupasenas Abgesandte zu Magadheschvara, ihn um die Hand seiner Tochter zu bitten. Der Minister für die äußeren Angelegenheiten hatte eine Audienz beim König, die Abgesandten baten um die Tochter und erhielten sie. An einem glückverheißenden Tag traf Rupasena ein, hielt mit ihr Hochzeit und führte sie mitsamt ihrer Predigerkrähe heim. König Rupasena steckte die Predigerkrähe zu Vidagdhacudamani in den Käfig. Der Papagei besah sich die hübsche Predigerkrähe und entbrannte in Liebe zu ihr. „O du Liebe", sprach er, „in der Jugendzeit, die so schnell vergeht, soll man die Liebe genießen. Im Kreislauf der Wiedergeburten aller Wesen ist eben dies das Wertvolle, denn:

> Besser als Holz sind Blüten und Früchte, besser als frisch gemolkene Milch ist das Butterschmalz; besser als Ölkuchen ist das Öl, die Liebe aber ist besser als Dharma und weltlicher Nutzen.
>
> Furchtsame, schnell geht die Jugend vorüber; ganz ohne Sinn ist das Leben, hat nicht ein Mädchen Liebeskunst gewandter Männer erfahren.
>
> Wenn herabfallende Tropfen von Schweiß die Schminke verwischen, wenn gestammelte Liebeslaute der Fußspangen Klingeln übertönen, wenn auf die Liebe allein alle Sinne sich richten — Freundin, das nenne ich wahren Genuß."

Doch die Predigerkrähe sagte: „Ich verlange nicht nach einem Manne." — „Warum denn?" fragte der Papagei, und sie erwiderte: „Die Männer sind doch die schlimmsten Frauenmörder." — „Aber die Frauen", rief da der Papagei, „sind mit ihren lügnerischen Reden schuld am Tode des Mannes, denn:

> Lüge, Gewalt, Verstellung und Dummheit, überaus heftige Gier, Unreinheit, Grausamkeit — das sind die Fehler, die von Natur aus den Frauen zu eigen sind."

Diesen Streit der beiden hörte der König. „Erzählt mir doch", forderte er sie auf, „warum streitet ihr euch?" Da sagte die Predigerkrähe: „Herr, Männer sind die schlimmsten Frauenmörder, deshalb steht mir der Sinn nicht nach einem Manne. Ich kenne dazu auch eine Geschichte:

In der Stadt Elapura lebte einst der Kaufmann Mahadhana.

Sein Sohn Dhanakshaya hatte die Tochter eines angesehenen Kaufmanns aus Punyavardhana geheiratet. Er ließ sie aber nach der Hochzeit noch im Hause ihres Vaters und kehrte ohne sie nach Elapura zurück. Einige Zeit darauf starb Dhanakshayas Vater, worauf er sein ganzes Vermögen verspielte und nun zu seinem Schwiegervater reiste, um seine Frau zu holen. Nachdem er sich dort einige Tage aufgehalten hatte, nahm er seine Frau, die all ihren Schmuck angelegt hatte, und machte sich mit ihr auf den Heimweg. Als sie etwa die Hälfte des Weges zurückgelegt hatten, sagte er zu ihr: ‚Ach, meine Liebe, hier ist gewiß eine sehr unsichere Gegend, lege darum lieber deinen Schmuck ab und gib ihn mir.' Sie nahm ihren Schmuck ab und gab ihn hin, er aber nahm ihn und ihre Kleider dazu und warf das Mädchen in einen versteckten Brunnen. Dann ging er seiner Wege.

Nun saß sie in dem Brunnen drin und schluchzte zum Erbarmen. Reisende hörten ihr Weinen, gingen zu dem Brunnen und fanden sie darin. Sie holten sie heraus und brachten sie auf den Weg. Sie wandte sich um, folgte der Straße und gelangte wieder zu ihres Vaters Haus. Dort fragten sie ihre Verwandten und auch die anderen Leute: ‚Weshalb kommst du zurück?' — ‚Meinen Gatten haben unterwegs die Diebe gefangen', antwortete sie, ‚sie haben auch meinen Schmuck geraubt. Deshalb bin ich geflohen und wieder hierhergekommen. Ob mein Gatte am Leben ist oder umkam, weiß ich nicht.' Bei dieser Nachricht wurde der Schwiegervater sehr betrübt, dann jedoch tröstete er seine Tochter.

Dhanakshaya aber verlor beim Würfelspiel auch den Schmuck seiner Frau. Nach einiger Zeit reiste er wieder zu seinem Schwiegervater. Gleich als er in die Tür trat, erblickte er seine Frau und bekam einen gewaltigen Schreck, denn er dachte: ‚Ich habe sie doch in den Brunnen geworfen. Wie kommt sie nur hierher?' Und er fürchtete sich. Doch seine Frau sprach zu ihm: ‚Gebieter, fürchte dich nicht!' und führte ihn ins Haus. Die Familie des Schwiegervaters freute sich sehr und veranstaltete ein großes Fest. Dhanakshaya blieb einige Tage, dann verließ er nachts die schlafende Gattin, nachdem er ihren Schmuck an sich genommen und sie getötet hatte, und kehrte in seine Stadt zurück. — Dies, o König", sagte die Predigerkrähe, „habe ich mit meinen eigenen Augen gesehen. Die Männer taugen alle nichts."

Da ließ sich der Papagei vernehmen:

„Pferde, Elefanten und Metalle, Holz, Stein und Gewänder, Männer, Fraun und das Wasser unterscheiden sich voneinander sehr."

Darauf sagte der König: „Papagei, nenne nun du mir die Fehler der Frauen." — „Höre, mein König", erwiderte der Papagei, „in der Stadt Kancanapura lebte einst der Kaufmann Sagaradatta. Dessen Sohn Schridatta hatte mit der Tochter des Kaufmanns Samudradatta aus Pundranagara die Verlobungszeremonie vollzogen und sie danach in seine Stadt heimgeführt. Als nun einige Zeit vergangen war, besorgte sich Samudradatta gut verkäufliche Waren, mit denen fuhr er übers Meer, um Handel zu treiben. Das Mädchen wurde derweil zu ihren Eltern geschickt. Geraume Zeit verging, und sie wuchs in ihres Vaters Haus zur Jungfrau heran. Es heißt ja:

In ihrer Blüte verleiht die Jugend selbst einer Häßlichen Lieblichkeit; offenbart doch zur Reifezeit Süße sogar die Nimba-Frucht.

Von dem Dach ihres Hauses konnte sie die Hauptstraße gut überblicken. Eines Tages sah sie da einen jungen Mann; beide betrachteten einander verstohlen. ‚Ach, meine Liebe', wandte sie sich an ihre Gefährtin, ‚bringe doch diesen Mann zu mir.' Die Freundin ging zu ihm und sagte: ‚O du Verkörperung des Liebesgottes, die Tochter des Kaufmanns Samudradatta möchte heimlich mit dir zusammentreffen.' Er ging auch darauf ein: ‚Heute nacht komme ich zu ihr.' Sagt man nicht:

Erblicken sie nur einen Mann, der schön gebadet ist, gesalbt und parfümiert, dann strömt den Frauen gleich der Schweiß, wie einem ungebrannten Topf, sobald man Wasser in ihn füllt. Dem Topf mit Butter gleicht die Frau, dem Feuer aber dann der Mann. Berührt sich beides, läuft der Topf wohl über. So ist es auch mit Mann und Weib beschaffen.

Sie vereinbarten ein Stelldichein im Hause einer Freundin, die Blumenbinderin war. Als sie sich trafen, entbrannten beide in Liebe zueinander.

Anderntags erschien ihr Gatte beim Schwiegervater, um seine Frau wieder nach Hause zu holen. Als sie ihn kommen sah, dachte sie bei sich:

‚Was soll ich nur tun? Wohin soll ich gehen? Wer ist

imstande, mich hier zu halten? Nicht Hunger, nicht Durst, nicht Hitze, nicht Kälte!'

Und sie vertraute alles ihrer Freundin an.

> Übermäßige Freiheit bei geselliger Unterhaltung, Großzügigkeit des Gatten, Zwanglosigkeit gegenüber Männern, das Verweilen am Ort, wenn der Gatte verreist ist, sowie der Aufenthalt in der Fremde, ein dem Gatten geschehenes Mißgeschick, der Umgang mit zügellosen Frauen und Eifersucht sind für die Frauen Wurzeln ihres Verderbens.

Der Schwiegersohn aß zu Abend und legte sich schlafen. Sie aber konnte nur mit Gewalt zu ihrem Gatten gebracht werden. Endlich legte sie sich zu ihm, drehte ihm den Rücken zu und schloß die Augen. Als der Gatte ihr Liebesworte zuflüsterte, wurde ihr Kummer nur noch größer, und sie blieb abgewandt auf dem Bette liegen, wie man ja auch sagt:

> Der von Leidenschaft Heimgesuchte findet keinen Schlaf, und läge er gleich auf einem Lager aus weichen Blättern. Wer aber frei von Leidenschaft ist, schläft gut auch im Bette aus Steinen und Dornen.

Als ihr Gatte sie so abgewandt liegen sah, schlief auch er ein. Da sie nun den Gatten in der Gewalt des Schlafes wußte, erhob sie sich vorsichtig vom Lager und ging um Mitternacht zum Ort des Stelldicheins. Auf dem Wege dorthin erblickte sie ein Dieb. Er dachte: ‚Wohin mag dieses Mädchen, das so schön geschmückt ist, wohl gehen?' und heftete sich an ihre Fersen, denn:

> Verläßt eine Frau ihren Gatten und geht aus dem Hause, vergnügt sie sich sicherlich mit ihrem Liebsten. Solch eine heißt zügellos. Schickt eine tagtäglich zuerst eine Botin, um liebestoll zum Treffen einzuladen, und wird dann durch Schicksalsfügung gehindert, mit ihrem Liebhaber sich zu vereinen, so nennt Bharata[13] sie ‚enttäuschte Verführerin'. Eine, die zum Stelldichein kommt, heißt bei den Kennern ein Mädchen, das Schmerz und Last des Erinnerungsfiebers nicht zu ertragen vermag und noch vor Rückkehr der Botin wie eine Durstige aus dem Haus eilt, begierig, die Lippen des Liebsten zu trinken.

Ihren Geliebten aber hatten am Ort des Stelldicheins die Soldaten des Königs aufgegriffen, da sie ihn für einen Dieb hielten, und hatten ihn getötet. Von Sehnsucht überwältigt, umarmte sie den Toten, ohne zu merken, daß kein Leben mehr in ihm war. Sie rieb ihn mit Salben ein, reichte ihm Betel und ähnliche Dinge. Immer und immer wieder küßte sie zärtlich sein Gesicht. Der Dieb beobachtete das Ganze von ferne und dachte:

> ‚Ständig denk ich an sie, doch ihr gelt ich gar nichts. Sie liebt einen andern, doch der hat sein Herz an eine andre gehängt. Wiederum hat eine andre Gefallen an uns gefunden: Weh über sie und ihn, über ihre und meine Liebe!'

Gerade da kam es einem Yakscha in den Sinn, der in einem Baum dort wohnte: ‚Ich will doch einmal in den Körper des Toten eingehen und mit ihr der Liebe pflegen.' Kaum gedacht, nahm er auch schon von des Toten Körper Besitz und vergnügte sich mit ihr im Liebesspiel. Dabei beißt er ihr mit den Zähnen die Nasenspitze ab. Darauf verschwand er. Am ganzen Körper von Blut befleckt, kam sie zu ihrer Freundin und erzählte, was vorgefallen war. Da riet ihr die Freundin: ‚Noch vor Sonnenaufgang mußt du zu deinem Gatten gehen und unter lautem Wehklagen rufen: »Er hat mich verletzt.«' Sie befolgte den Rat der Freundin, lief zu ihrem Gatten und begann zu weinen und zu schelten. Auf ihr Geschrei hin lief das ganze Haus zusammen. Sie schauten sie an, und als sie merkten, daß sie keine Nasenspitze mehr hatte, empörten sie sich: ‚O du schamloser, böser, grausamer Mensch! Warum hast du unserer Tochter die Nase abgebissen?' Da bekam der Schwiegersohn Angst, denn es heißt ja:

> Nie traue man dem Wandel einer Frau, viel eher einer schwarzen Schlange, dem Feinde mit dem Schwert oder auch einem, dessen Benehmen Wankelmut zeigt. Was würden Dichter nicht erfinden? Was diente Krähen nicht zum Fraß? Was schwatzen Betrunkne nicht alles daher? Was brächten Frauen wohl nicht zustande? Die Sprünge des Pferdes, den Donner im Frühling, Ausbleiben des Regens und Regen im Übermaß — dies weiß selbst ein Gott nicht im voraus, erst recht nicht der Mensch.

Sie begaben sich zum König und verklagten den Schwiegersohn. Die Beamten des Königs beschlossen: ‚Dieser Mensch verdient den Tod.' Als man ihn zum Richtplatz führte, kam der Dieb herbei und rief: ‚Ihr Leute des Königs, dieser Mensch verdient den Tod nicht', und er erzählte den Vorfall, wie er ihn beobachtet hatte. Nun berieten die Richter die Angelegenheit und ließen den Schwiegersohn frei, ebenso den Dieb, denn:

> Das Beschützen Rechtschaffener, das Bestrafen von Übeltätern ist fürwahr des Königs oberste Pflicht, gereicht ihm zum Heil in der jenseitigen Welt. Die Wurzel des Königs-Dharma liegt in der Untertanen Schutz. Befolgt er dies nicht, ist die Hölle sein Los. Darum sei er ständig auf den Schutz seiner Untertanen bedacht.[14]

Das Mädchen aber setzte man auf einen Esel und trieb sie aus der Stadt."
Nachdem Vidagdhacudamani diese Geschichte erzählt hatte, sagte er zum König: „Herr, solcherart sind die Frauen." Darauf legten Papagei und Predigerkrähe ihre Vogelgestalt ab und flogen als göttliche Wesen gen Himmel.

Der Vetala beendete seine Geschichte und fragte den König: „Sage mir, Herr, wessen Sünde wiegt schwerer?" — „Vor allem die Frauen sind hier zu tadeln", erwiderte Vikramasena, „nie aber die Männer, denn sie sind bestimmt dazu, Moral und Unmoral zu prüfen. Die größere Sünde liegt bei den Frauen, die Männer machen sich selten eines Vergehens schuldig."[15]
Kaum hatte er dies gehört, verschwand der Vetala, und die Leiche hing wieder an ihrem Baum.
Dieses war die dritte der fünfundzwanzig Erzählungen des Vetala, wie sie von Schivadasa verfaßt wurde.

Der König ging nun abermals zu dem Schimschipa-Baum, holte den Toten herab, lud ihn sich auf die Schulter und machte sich wieder auf den Weg. Da begann der Vetala von neuem zu sprechen: „Höre, König, was ich dir jetzt erzähle!"

In der Stadt Vardhamana saß einst König Schudrakadeva in seinem Audienzsaal und fragte seinen Diener: „He, Türhüter, ist das Tor bewacht oder unbewacht?" Der Türhüter antwortete:

> „Mit Kränzen von Schweißperlen benetzt, aufrecht und ohne einen Halt stehen die Diener an dem Tor, leibhaftig wie die Stiere, Herr."

Am anderen Tage kam von Dakschinapatha her ein Prinz mit Namen Viravara, um bei dem König Dienst zu nehmen. Er trat vor den König, und dieser fragte ihn: „Nun, Prinz, was soll ich dir als täglichen Lohn zahlen?“ — „Herr“, sagte Viravara, „gebt mir täglich tausend Goldstücke.“ Da fragte der König weiter: „Und wieviel Elefanten, Pferde und Fußtruppen befehligst du?“ Viravara entgegnete: „Wir sind vier, Herr, meine Frau, mein Sohn, meine Tochter und ich.“ Bei diesen Worten begannen alle, die Prinzen, Minister und Heerleute, laut zu lachen. Der König aber überlegte: „Weshalb fordert er so viel Geld? Vielleicht wird es einmal Früchte tragen, wenn man viel gibt.“ Also rief er seinen Schatzmeister herbei und befahl: „Gib diesem Viravara täglich tausend Goldstücke.“ Viravara empfing nun jeden Tag seinen Lohn, spendete davon zuerst den Göttern, Brahmanen, Soldaten, Spionen, Schauspielern, Erzählern, den Notleidenden, Blinden, Aussätzigen, Buckligen, Hinkenden und allen, die um etwas baten, danach sorgte er erst für sein Essen. Nachts nahm er sein Schwert und stellte sich vor des Königs Tür. Immer, wenn der König in der Nacht rief: „Wer steht vor der Tür?“, gab Viravara ihm Antwort. Sagt man nicht:

> „Komme! Gehe! Falle! Stehe auf! Rede! Schweige!“ So treiben die Reichen ihr Spiel mit denen, deren Sinn nach Vermögen steht und die vom Dämon Hoffnung besessen sind.
>
> Ist einer auch krank, holt man ihn doch herbei, schläft er, so weckt man ihn auf; nichts kann er nach eigenem Willen bestimmen. Wofür ist ein Diener denn nur am Leben?
>
> Woher kommt Gutes für einen Diener, der eigener Entscheidung verlustig ging, der nur den Wünschen anderer folgt und seinen eigenen Körper verkaufte? Schweigt er, nennt man ihn stumm, redet er, ist er als vorlaut oder als Schwätzer bekannt; ist er geduldig, heißt man ihn furchtsam, nimmt er nichts hin, so sagt man, ‚der ist aus schlechter Familie‘; ist er stets da, so nennt man ihn dreist, hält er aber sich abseits, so sagt man, ‚er ist wohl betrunken‘. Selbst für einen Weisen ist's schwer, das rechte Verhalten des Dieners zu raten.

Eines Tages hörte der König um Mitternacht vom Leichenplatz her eine Frau mitleiderregend klagen und weinen. Er rief: „Wer steht vor der Tür?“ — „Ich, Herr, Viravara.“ Da sagte der König: „Viravara, hörst du nicht das Weinen einer Frau?" — „Ja", entgegnete Viravara, „ich höre es." — „Gehe", gebot der König, „und erkunde den Grund für ihr Weinen. Dann komm schnell wieder zurück." Es heißt nämlich:

Den Diener erkennt man daran, wie er Aufgetragenes ausführt, die Verwandten in einer schlimmen Lage, den Freund in Zeiten des Unglücks und die Gattin bei Verlust des Vermögens.

So ging Viravara dem Weinen nach und kam zum Leichenplatz.

Unbemerkt, die überall herrschende Finsternis nutzend, folgte ihm auf dem Fuß König Schudrakadeva.

Dort war eine Frau, wunderbar geschmückt, mit aufgelöstem Haar.

Von übermächtigem Schmerze gepeinigt, tanzt sie und springt sie, läuft und wankt sie umher, weint sie jämmerlich, tränenlos. „Ich Unglückliche", ruft sie, „ich Sündige", schüttelt beständig die Glieder, zittert am ganzen Leibe, springt auf und fällt wieder zur Erde.

Als Viravara sie sah, fragte er sie: „Wer bist du, daß du hier so jämmerlich weinst?" — „Ich bin der gute Geist des Königs." — „Wenn du des Königs guter Geist bist, warum weinst du dann so sehr?" Da sagte sie: „Weil der König der Devi gegenüber sich eine Verfehlung hat zuschulden kommen lassen, wird er in drei Tagen sterben, und ich werde ohne Herrn sein. Deshalb weine ich." Fragte Viravara: „Gibt es denn nicht irgendein Mittel, dem König das Leben zu erhalten?" — „Wenn du im Angesicht der Göttin deinem Sohn mit eigener Hand den Kopf abschlagen und zum Opfer darbringen würdest, so würde dem König ein langes Leben gewährt werden."

Als er die Worte der Frau vernahm, eilte Viravara sofort nach Hause, weckte seine Gattin und erzählte ihr alles, was sich ereignet hatte. Es heißt ja:

Eine großäugige Gattin, mit allen Tugenden einer Frau, voller Würde und Festigkeit, schamhaft und zuchtvoll in ihrem Benehmen, begabt mit angenehmer Rede, Mutter von Söhnen, die Zier ihres Standes, wohlgestaltet Nabel und Stirn, mit Schenkeln gleich Elefantenrüsseln und fester Brust.

Söhne sind die, die den Vater ehren, ein Vater ist, wer

seine Kinder ernährt; ein Freund ist, wem man vertrauen kann, eine Gattin die, die Zufriedenheit gibt. Fünf Dinge tilgen die Wurzeln des Kummers: ein folgsamer Sohn, zu Wohlstand verhelfendes Wissen, Gesundheit, der Umgang mit Freunden und eine züchtige, freundliche Gattin. Sich von der Geliebten trennen zu müssen, von der Verwandtschaft geringgeschätzt werden, der Rest einer Schuld, Dienst bei einem unwürdigen Menschen und Freunde, die einen bei Armut verlassen — das sind die fünf Dinge, die den Leib auch ohne Feuer verbrennen.
Unbotmäßiges Dienervolk, ein wenig gabenfreudiger König, unehrliche Freunde und eine Gattin ohne Benehmen — diese vier bringen nur Kopfweh.
Wer einem gleichgesinnten Freunde, einem Diener von großer Tugend, der Frau, die man liebt, oder dem freundlich gesinnten Gebieter seine Nöte erzählen kann, der wird wieder froh.

Wozu viele Worte machen?

Ich bin in des Todes Macht geraten wegen des Königs, das ist gewiß. Darum gehe, du Liebe, du Zier deines Standes, und suche dir Zuflucht bei Vater und Bruder.

Die Gattin aber sprach:

„Vater, Bruder und auch der Sohn schenken ihre Gaben in Maßen. Welche Frau würde den Gatten nicht ehren, der ohne Maßen verschenkt? Ich hab mit dem Sohn nichts zu schaffen und auch nicht mit dem Verwandtenvolk, nicht einmal mit Vater oder der Mutter: Dir, Herr, alleine folge ich nach. Als treue Gattin verlaß ich dich nicht; ist nicht der Gatte die Zuflucht der Frauen? So hat es der ewige Dharma bestimmt. Von einem Vergehen kann eine Frau sich nicht durch Opfergaben befreien, auch nicht durch hundertmaliges Fasten. Ist ihr Sinn nur ganz auf den Gatten gerichtet, so wird auch die rein, die ihren frommen Pflichten nicht nachkommt. Verläßt sie gar ihren Gatten nicht, obgleich er blind oder bucklig ist, aussätzig oder mit Krankheit behaftet oder ins Unglück geraten ist, so wird sie eine sehr Edle genannt.
Dies heiß ich den höchsten Dharma der Frauen, ihre vorzüglichste Richtschnur. Handelt die Frau nicht entsprechend, so fährt sie zur Hölle.“

Als der Sohn diese Worte vernahm, sprach er: „Wenn mein

Tod dem König zu einem langen Leben verhilft, was braucht man da noch zu suchen?

> Gibt die Mutter dem Sohne Gift oder wird er vom Vater verkauft, nimmt der König das Hab und Gut — was nützt da alles Wehklagen noch?"

Auch die Tochter stimmte dem zu. Nachdem sie alles überdacht hatten, begaben sich die vier zum Tempel der Devi. Der König aber, der sich dort versteckt hatte, sprach bei sich:

> „Das Schicksal, das unausweichlich ist, läßt Einsicht, Verstand, Phantasie entstehen und schafft auch die passenden Gefährten herbei."

Viravara trat nun vor die Göttin, erwies ihr seine Verehrung, nahm dann das Schwert und rief: „Erhabene Devi, möge durch den Tod meines Sohnes der König hundert Jahre alt werden!" Darauf schlug er ihm den Kopf ab und ließ ihn zu Boden fallen. Als die Schwester den Bruder tot daliegen sah, ergriff sie ein Messer und stieß es sich in den Leib. Auch die Mutter tötete sich selbst. Da dachte Viravara: „So hat diese drei nun der Tod ereilt. Wem werden jetzt die tausend Goldstücke nützen, die ich für meinen Dienst beim König bekomme?" Und er nahm das Schwert und schlug sich den Kopf ab, daß er zu Boden fiel. Der König, der sie alle zusammen dem Tode preisgegeben sah, dachte: „Um meinetwillen hat sich diese ganze Familie vernichtet. Was nützt mir da noch die Königsherrschaft?

> Höchst widerwärtig am Königtum ist die Sorge um Krieg und Verträge. Was ist denn das schon für ein Glück, wenn man den Sohn stets fürchten muß?"[16]

Also zog auch er sein Schwert. Als er ansetzte, sich den Kopf abzuschlagen, redete ihn die Göttin an: „Schudrakadeva, mein Sohn, du hast mich durch deine kühne Tat versöhnt. Wünsche dir etwas." — „Wenn du mit mir zufrieden bist, o Göttin", sagte der König, „dann mögen diese vier unversehrten Leibes wieder lebendig werden." — „Es soll geschehen", sprach die Göttin, holte aus der Unterwelt den Unsterblichkeitstrank Amrita und erweckte alle vier wieder zum Leben. Der König begab sich inzwischen heimlich wieder in seinen Palast. Viravara und die übrigen drei kehrten ebenfalls heim.

Am nächsten Morgen saß der König im Audienzsaal, als Viravara hereintrat. Der König fragte ihn: „Nun, Viravara, hast du heute nacht erkundet, woher das Weinen kam?"

Viravara antwortete:

„Einen Herrn, der nachsichtig, freigebig ist und Gutes zu würdigen versteht, erlangt man durch verdienstliche Tat. Den Diener jedoch, der den Herrn beschützt, der rein und gewandt ist, den, o König, findet man gar nicht so leicht."

Darauf schenkte der König Viravara die Hälfte seines Reiches. Es heißt ja auch:

Unwiderruflich ist des Fürsten Wort, unwiderruflich ist das Wort des Guten. Einmal nur gibt man die Tochter zur Ehe — diese drei Dinge sind einmalige Taten.

Damit beendete der Vetala seine Geschichte und fragte den König: „Sage mir, Herr, wer unter ihnen allen ist der Edelste?" — „Der König", antwortete Vikramasena, und der Vetala fragte weiter: „Warum denn der König?"— „Diener lassen gewöhnlich ihr Leben für ihren Herrn", sagte der König, „nicht aber die Herren um ihrer Diener willen. Weil er die Königsherrschaft so geringachtete und sich selbst töten wollte, deshalb ist der König der Vorzüglichste unter ihnen." Kaum hatte er diese Worte gehört, verschwand der Vetala, und die Leiche hing wieder an dem Schimschipa-Baume.
Dieses war die vierte der fünfundzwanzig Erzählungen des Vetala, wie sie von Schivadasa verfaßt wurde.

Der König ging nun abermals zu dem Schimschipa-Baum, holte den Toten herab, lud ihn auf die Schulter und machte sich wieder auf den Weg. Da begann der Vetala wieder zu sprechen: „Hör zu, König, was ich dir jetzt erzähle!"

Es gibt eine Stadt mit Namen Ujjayini, dort lebte König Mahabala. Er hatte einen Minister für die auswärtigen Angelegenheiten, dessen Tochter Mahadevi war außerordentlich schön. Gerade hatte sie das heiratsfähige Alter erreicht. Der Vater begann sich nach einem geeigneten Bräutigam umzusehen. Sie aber sagte: „Vater, nur, wer eine wirklich ausgezeichnete Eigenschaft besitzt, dem sollst du mich geben."
Um diese Zeit wurde ihr Vater, der Minister Haridasa, zu dem König von Dakschina gesandt. Als er dorthin kam und zu einer

Audienz beim König vorgelassen wurde, bat ihn dieser: „Haridasa, trage uns etwas vor über das Wesen des Kali-Zeitalters[17]!" Haridasa begann: „O Herr,

just angebrochen ist das Kali-Zeitalter: Ehrliche Männer sind schwer zu finden; durch Steuerlast droht den Ländern der Untergang. Habgier hat die Fürsten ergriffen. Räuberbanden verschiedener Art ziehen plündernd über die Erde, und anständige Leute gehen zugrunde. Väter können den Söhnen nicht trauen — schrecklich ist ein solches Zeitalter. Meisterschaft im Lügen, Grausamkeit des Geistes, Verachtung der Guten, Zügellosigkeit der Anschauungen, Heuchelei in der Moral, Täuschung der Lehrer, schmeichlerisch-süße Rede ins Angesicht und hinter dem Rücken Verleumdung — das sind die Mächte des Königs „Kali-Zeitalter", wie sie sich heute offenbaren.

Der Dharma ging auf die Wanderschaft, weit fortgereist sind Askese und Wahrheit. Wenig Früchte nur trägt diese Erde. Listig sind die Fürsten geworden und die Brahmanen voller Gier. Alle Welt hängt nur an den Frauen, diese sind gar zu leichten Sinnes. Lehren und Bräuche stehn im Verfall, der Gerechte verdirbt, zu Ehren kommt meist nur der Schlechte, wenn das Kali-Zeitalter eintrat."

Kurz darauf kam zu Haridasa ein Brahmane und bat ihn: „Gib mir deine Tochter zur Frau!" — „Ich werde sie demjenigen geben", antwortete Haridasa, „der eine wirklich vorzügliche Eigenschaft besitzt." — „Solch eine vorzügliche Eigenschaft habe ich", sagte da der Brahmane, und Haridasa verlangte: „Dann beweise sie mir." Darauf brachte der Brahmane einen Wagen herbei, den er selbst gebaut hatte, und führte ihn Haridasa vor mit den Worten: „Mit diesem Wagen gelangt man durch die Luft an jeden Ort, an den man denkt." — „Komm morgen früh mit deinem Wagen zu mir", sagte Haridasa, und als er am anderen Morgen kam, flogen die beiden mit dem Wagen nach Ujjayini.

Dort aber war ein anderer Brahmane schon zu dem ältesten Bruder der Mahadevi gekommen und hatte ihn gebeten, er möge ihm seine Schwester zur Frau geben, und auch der Bruder hatte gesagt: „Wer eine wirklich vorzügliche Eigenschaft besitzt, dem wird sie gehören." Als der Brahmane erwiderte: „Ich besitze Zauberwissen", hatte der Bruder versprochen: „Dann will ich sie dir geben." Auch zu der Mutter

war ein Brahmane gekommen: „Gebt mir Eure Tochter zur Frau!" Und auch die Mutter hatte ihm geantwortet, daß nur der sie bekäme, der eine wirklich vorzügliche Eigenschaft besäße. Daraufhin hatte der Brahmane gesagt: „Ich verstehe die Kunst des Bogenschießens so gut, daß ich auf den bloßen Schall hin eine Sache treffen kann." — „Gut, dann sollst du das Mädchen haben." So trafen sich also in dem Hause drei Freier. Als sie hörten, daß jeweils dem anderen auch die Tochter versprochen war, wurden sie ganz betrübt und sprachen: „Ein Mädchen und drei Freier, was soll daraus werden?"
Da entführte in der Nacht ein Rakschasa das Mädchen, weil es so überaus schön war, in das Vindhya-Gebirge, denn:

Allzu großer Schönheit wegen wurde Sita einst geraubt;
wegen übergroßen Stolzes ging einst Ravana zugrunde,
Bali wurde zum Gefangenen, weil er zu freigebig war —
daher meide man in allen Dingen stets das Übermaß.[18]

Am Morgen kamen die drei Freier. Derjenige, der das Zauberwissen besaß, wurde von den Leuten gefragt: „He, du, der du Wissen besitzest, weißt du das Richtige?" — „Sie ist von einem Rakschasa in das Vindhya-Gebirge entführt worden", sagte er. Da sprach der zweite: „Ich werde den Rakschasa töten und sie wieder herbeiholen", denn er vertraute seiner Fertigkeit im Bogenschießen. Der dritte aber schlug vor: „Steige auf meinen Wagen und begib dich dorthin!" So tat der Bogenschütze, fuhr dorthin, tötete den Unhold, setzte das Mädchen in den Wagen und brachte sie wieder nach Hause. Nun stritten die drei Freier miteinander, wem sie zugesprochen werden sollte. Auch der Vater überlegte: „Alle haben zu ihrer Rettung beigetragen — wem soll ich sie geben, wem nicht?"

Damit beendete der Vetala seine Geschichte und fragte: „Sag, o König, welchem von den dreien soll sie als Gattin zugeführt werden?" König Vikramasena erwiderte: „Sie soll die Gattin dessen werden, der den Rakschasa getötet und sie nach Hause gebracht hat." — „Aber", sagte der Vetala, „sie besitzen alle drei gleichwertige Eigenschaften, weshalb soll gerade dieser sie bekommen?" Vikramasena entgegnete ihm: „Die beiden anderen haben ihn ja nur unterstützt. Man sagt doch:

Eifriges Mühen, Verwegenheit, Ausdauer, Stärke, Verstand und Mut — wer diese sechs Eigenschaften besitzt, vor dem fürchtet sich sogar ein Gott."

Kaum hatte er diese Worte vernommen, verschwand der Vetala, und die Leiche hing wieder an dem Schimschipa-Baum.
Dieses war die fünfte der fünfundzwanzig Erzählungen des Vetala, wie sie von Schivadasa verfaßt wurde.

Der König ging nun abermals zu dem Schimschipa-Baum, holte den Toten herab, legte ihn sich auf die Schulter und machte sich wieder auf den Weg. Da begann der Vetala wiederum: „Hör zu, König, was ich dir jetzt erzählen werde!“

In der Stadt Dharmapuri herrschte König Dharmaschila. Dieser hatte einst der Göttin Candika einen Tempel errichten lassen und davor einen rechteckigen Teich angelegt. Niemals nahm er eine Mahlzeit zu sich, ohne vorher die Göttin verehrt zu haben. Einmal kam sein Minister zu ihm und sprach: „Herr, höre, was ich dir sagen will!

> Leer ist das Haus eines Mannes, hat er keinen Sohn, leer ist die Welt für den Menschen ohne Verwandte, leer ist das Herz eines Toren und leer wird alles durch Armut.“

Der König hörte die Worte seines Ministers, nahm sie sich zu Herzen und wandte sich mit einer Lobpreisung an die Candika:

> „Verehrung dir, Göttin, du erste der Göttinnen, die du von Brahma, Vischnu und Shiva gepriesen wirst, dir, die du aus Shivas Leib entsprangst, Glückverheißende, Mahalakschmi, Heil sei dir!
> Verehrung sei dir, Göttin, du überaus Schreckliche, die du das blutige Fleisch bevorzugst, die du dich an Opfern erfreust und schwarz von Gestalt bist, du Schreckliche, Nachtschwarze, Heil sei dir!
> Verehrung sei dir, die du auf einem Thron aus Leichen sitzest und selbst dem Shiva Schrecken einflößt, dir, Candi, mit dem kahlen Schädel und den vier Mündern, Heil sei dir!
> Dir, die du lange Schenkel hast und einen großen, fleischlosen Leib, dir, du Fleischverzehrende mit den gesträubten Haaren, Dürre, Sternäugige, Heil sei dir!“

Durch diesen Lobgesang war die Göttin höchst erfreut. Sie sprach: „Zufrieden bin ich mit dir, großer König, deshalb sage mir einen beliebigen Wunsch." Da erwiderte der König: „Wenn du mit mir zufrieden bist, Göttin, so schenke mir einen Sohn, der mir zur Zierde gereicht."

> „König, ein Sohn wird dir geboren, der alle an Stärke übertrifft. Bringe nach deinem Vermögen Blumen, Räucherwerk, Speise und Geschenke, Kleider und Gold als ein Opfer dar."

So sprach die Göttin, und der König handelte danach. Ihm wurde ein Sohn geboren. Alle Welt badete nun in dem Teich und brachte der Göttin, die alle Wünsche erfüllte, Verehrung dar.

Eines Tages kamen aus irgendeinem Dorf ein Wäscher und sein Freund, um die Göttin anzubeten. Als sie nun gerade dabei waren, der Göttin ihr Opfer darzubringen, sah der Wäscher die Tochter des königlichen Wäschers, die über alle Maßen schön war. Von ihrem Anblick wurde er ganz verwirrt und bat die Göttin: „Erhabene Göttin, wenn ich mich mit diesem Mädchen vermählen kann, dann will ich dir meinen eigenen Kopf zum Opfer bringen." Darauf ging er wieder in seinen Heimatort zurück. Doch quälte ihn von Stund an die Sehnsucht sehr. Sein Freund erzählte davon seinem Vater. Dieser begab sich zu dem Hause des Wäschers, hielt um die Tochter an und bekam sie auch. Beide wurden miteinander vermählt.

Nach einiger Zeit nahm er seine Frau und seinen Freund und ging zu seinem Schwiegervater zu Besuch. Unterwegs kam er an dem Tempel der Candika vorüber, da sagte er zu seiner Frau: „Meine Liebe, bleibe hier bei meinem Freunde, solange ich der Göttin meine Verehrung erweise." Damit ging er fort. Vor der Göttin verneigte er sich, zog dann ein Schwert und schlug sich den Kopf ab, daß er zu Boden fiel. Der Freund wartete eine Weile, dann sprach er: „Er ist schon so lange fort, ich will gehen und nach ihm sehen." Als er zu dem Tempel kam, fand er ihn tot und dachte bei sich: „Wenn ich jetzt umkehre und in die Stadt komme, werden die Leute schlecht über mich reden und sagen, ich hätte ihn seiner Frau wegen umgebracht." Daher schlug er sich ebenfalls den Kopf ab. Die Frau wunderte sich: „Wo sind die beiden nur hingegangen?" Wie sie zu dem Tempel kam, sah sie beide ohne Köpfe daliegen.

„Ich will auch sterben", dachte sie und wand ihr Obergewand zu einem Strick, den sie sich um den Hals legte. Als sie sich so zu sterben anschickte, sprach die Göttin: „Halt ein, meine Tochter, ich bin durch deine entschlossene Tat befriedigt. Wünsche dir etwas." — „Erhabene Göttin", sagte die Frau, „wenn du mit mir zufrieden bist, dann laß diese beiden wieder lebendig werden." — „Tochter, füge schnell die Köpfe wieder an", befahl die Göttin. Bei diesen Worten wurde die Frau so überglücklich, daß sie aus Versehen den Kopf des Gatten auf den Körper des Freundes setzte. Dem Körper des Gatten aber fügte sie den Kopf des Freundes an. Beide standen auf und begannen sofort, miteinander um sie zu streiten.

Damit beendete der Vetala seine Geschichte und fragte: „Wessen Gattin ist sie nun, König? Entscheide du!" Und König Vikramasena sagte:

> „Die beste der Arzneien ist das Essen, das beste aller Getränke ist Wasser. Die Frauen sind die beste von allen Freuden, der Kopf ist das vornehmste aller Glieder."

Kaum hatte der Vetala dies gehört, verschwand er, und die Leiche hing wieder an dem Baum.
Dieses war die sechste der fünfundzwanzig Erzählungen des Vetala, wie sie von Schivadasa verfaßt wurde.

Der König ging nun noch einmal zu dem Schimschipa-Baum, holte den Toten herab, lud ihn sich auf die Schulter und machte sich wiederum auf den Weg. Da begann der Vetala erneut zu sprechen: „Höre, König, was ich dir jetzt erzählen werde!"

In der Stadt Campaka herrschte einst der König Campakeschvara. Seine Gattin trug den Namen Sulocana, seine Tochter hieß Tribhuvanasundari. Das Mädchen hatte bereits das heiratsfähige Alter erreicht. Alle Könige und Prinzen der Welt ließen sich porträtieren und schickten ihr ihr Bild. Der König fragte seine Tochter: „Kind, welcher gefällt dir von diesen?" — „Nicht einen mag ich leiden, Vater", antwortete das Mädchen. „Nun", sagte darauf der König, „dann wähle dir selbst einen Gatten."[19] Aber sie erwiderte: „Ich werde mir keinen Gatten wählen. Du sollst mich demjenigen geben, der drei Tugenden besitzt, nämlich Schönheit, Kraft und Wissen." Als dies bekannt wurde, kamen vier Freier herbei, jeder aus einem anderen Lande. Man führte sie in den Audienzsaal, und der König fragte einen jeden von ihnen: „Erzählt mir doch, was besitzt ihr für Tugenden?" Da sagte der erste: „Ich kann an einem einzigen Tage fünf Stück Baumwollstoff herstellen. Eines davon gebe ich den Brahmanen, das zweite opfere ich den Göttern, das dritte ist für mich und das vierte für meine Frau. Das fünfte aber verkaufe ich und besorge dafür Essen, Blumen und Betel. Im Kampfe findet man nicht meinesgleichen, und meine Schönheit ist ja offensichtlich." Der zweite sprach: „Ich verstehe die Sprache aller Lebewesen, ob sie nun im Wasser oder auf dem Lande leben. An Kraft kommt mir keiner gleich, und meine Schönheit liegt ja klar zutage." Darauf der dritte: „Ich bin vollkommen in der Kenntnis der Wissenschaften, einen Stärkeren als mich gibt es nicht, und meine Schönheit ist ja ganz offensichtlich." Nun war der vierte an der Reihe: „Wenn ich das Schwert in die Hand nehme und einmal über das Schlachtfeld gezogen bin, dann regt sich dort kein Leben mehr. Was das Wissen anbetrifft, so kann es darin wohl niemand mit mir aufnehmen. Meine Schönheit aber seht ihr selbst."

Nachdem der König sich dies alles angehört hatte, überlegte er: „Wem soll ich sie geben, alle sind sie im Besitz der drei Tugenden." Er schaute seiner Tochter forschend ins Gesicht: „Meine Tochter, wessen Gattin möchtest du werden?" Sie aber schämte sich und gab keine Antwort.

Damit beendete der Vetala seine Geschichte und wandte sich an den König: „Sag du mir, König, wessen Gattin soll sie werden?" König Vikramasena erwiderte: „Weil er vom gleichen Stande ist wie sie, soll der Kschatriya sie heimführen, denn es heißt ja:

> Ein Verständiger wählt ein Mädchen aus guter Familie, sei sie auch häßlich, nicht aber die Schöne, ist sie die Tochter des Armen. Heirat geziemt sich nur innerhalb des eigenen Standes."

Aber der Vetala wandte dagegen ein: „Sie alle haben doch die gleichen Tugenden, warum soll sie ausgerechnet die Gattin

dieses einen werden?" — „Nein", sagte Vikramasena, „derjenige, der die fünf Baumwollstücke weben kann, ist ein Schudra. Der die Sprache der Tiere versteht, ist ein Vaischya. Der dritte, der die Wissenschaften kennt, ist ein Brahmane. Deshalb soll sie den vierten, den Kschatriya heiraten."[20]
Kaum hatte er dies vernommen, verschwand der Vetala, und die Leiche hing wieder in den Zweigen des Schimschipa-Baumes.
Dieses war die siebente der fünfundzwanzig Erzählungen des Vetala, wie sie von Schivadasa verfaßt wurde.

Der König ging nun abermals zu dem Schimschipa-Baum, holte den Toten herab, lud ihn sich auf die Schulter und machte sich erneut auf den Weg. Da begann der Vetala wiederum zu sprechen und sagte: „Höre, König, was ich dir jetzt erzählen will!"

Es gibt eine Stadt mit Namen Malavati, in der der König Gunadhipa lebte. Einst kam von weither ein Prinz zu seinem Palast, denn er wollte in des Königs Dienste treten. Damit er dem König begegne, ging er ständig in den königlichen Park, doch nie bekam er ihn zu Gesicht. Was er an Vermögen mitgebracht hatte, war im Laufe eines Jahres aufgebraucht. Sein ganzes Gefolge hatte ihn verlassen, so daß er nun ganz allein war.
Eines Tages war der König zur Jagd in eine entfernte Gegend aufgebrochen. Sein Gefolge hatte einen anderen Weg genommen. Auf einmal befand er sich ganz allein mitten im Walde und hatte den Weg verloren. Nun dachte er: „Wie soll ich meine Stadt wieder erreichen?" Als er noch am Überlegen war, kam der arme Diener herbei und begrüßte ihn ehrerbietig. „Prinz", redete ihn der König an, „woher kommst du?" — „Herr, ich bin Euch und Eurem Pferde gefolgt und geschwind hierhergeeilt", entgegnete er. Darauf fragte der König: „Weshalb siehst du so elend aus? Hast du einen Kummer?" Und er sprach:

„Wenn wir, o Herr, Ersehntes nicht bekommen, so trägst nicht du die Schuld, sondern mein Handeln, denn wenn die Eule nichts bei Tage sieht, kann man der Sonne doch die Schuld nicht geben. Im Frühling glänzt der Wald im Schmuck der Blätter. Kommen sie nicht hervor, liegt's dann am Frühling?

Selbst um der Nahrung willen bringt einer, der in Not geriet, nichts mehr zustande.

Der die Milch mir als Nahrung erdachte, als ich noch im Mutterleib mich befand, schläft er oder ist er gestorben, als er für den Rest meines Lebens für meinen Unterhalt sorgen sollte?

Solang der Mensch Verdienste besitzt, sind ihm alle zu Willen. Gehen ihm die Verdienste verloren, entstehen ihm sofort viele Feinde.

Eher erlebte man es wohl, daß einer das tödliche Gift Halahala tränke, als daß man einen Reichen sähe, der auch nur das Gesicht verzieht (um einem armen Mann zu helfen).

Sechs Dinge erniedrigen einen Mann: Freundschaft mit Toren, grundloses Lachen, Streit mit den Frauen, Dienst bei einem schlechten Herrn, das Reiten auf einem Esel und ungebildete Rede.

Des Lebens Dauer, der Beruf, Vermögen, Wissen und der Tod werden dem Menschen schon bestimmt, wenn er im Mutterleibe ist.

Aber Dienste, die man einem guten Herrn leistet, werden nicht lange ohne Frucht bleiben." Da sprach der König: „Ich bin sehr hungrig, Prinz." Er jedoch sagte: „Herr, hier gibt es weit und breit nichts zu essen", brachte schließlich aber doch noch von irgendwoher zwei Mangofrüchte, die der König verzehrte. Nachdem er seinen Durst gestillt hatte, sagte der König: „Nun zeige mir den Weg in die Stadt!" Dies tat der Diener, und als der König seine Stadt glücklich wieder erreicht hatte, sorgte er für den Lebensunterhalt seines Dieners und schenkte ihm noch Kleider und Schmuck dazu.

Einige Zeit darauf schickte der König den Diener mit einem bestimmten Auftrag an die Küste des Meeres. Dort angekommen, erblickte er einen Tempel der Devi und sah zugleich eine Frau, die den Tempel aufgesucht hatte, um die Devi zu verehren. Er ging ihr nach. Da fragte sie ihn: „He, Mann, weshalb bist du hierhergekommen?" — „Ich bin in die Gewalt des Liebesgottes geraten", antwortete er, „weil ich nach dem Liebesgenuß verlange." Sie aber sprach: „Dann steige in diesen Teich hier und bade dich darin." Kaum war er hineingestiegen, so fand er sich plötzlich wieder in seine Heimatstadt versetzt.

Diese ganze Begebenheit erzählte er dem König, der darauf sagte: „Ich will auch dorthin gehen." Also machte er sich auf und erreichte, von seinem Diener begleitet, das Meeresufer mit dem Tempel der Devi. Auch die junge Frau mit ihren Freundinnen war wieder da. Sie hatte der Devi ihre Gaben dargebracht und wandte sich gerade zum Gehen, als sie den König und seinen Diener erblickte. Des Königs Schönheit erfüllte sie mit Liebe, und so sprach sie: „O König, befiehl! Was auch immer du an Gehörigem oder Ungehörigem verlangen magst, das will ich tun." — „Wenn du dich meinem Worte unterwerfen willst", entgegnete ihr der König, „dann heirate meinen Diener." — „König", rief sie, „du bist es, den ich liebe, wie sollte ich da die Frau dieses Mannes werden?" Darauf sagte der König: „Eben noch hast du mir beteuert, das tun zu wollen, was ich dir befehle. Wenn du nun zu deinem Worte stehst, dann befolge meinen Befehl und nimm meinen Diener zum Manne." Da stimmte sie zu, und an Ort und Stelle vollzogen sie die Hochzeit nach Art der Gandharvas.[21] König und Diener kehrten bald darauf in ihre Stadt zurück.

Damit beendete der Vetala seine Geschichte und fragte den König: „Sage mir nun, Herr, welcher ist der Edlere, der König oder der Diener?" Vikramasena erwiderte: „Der Edlere ist der Diener." — „Warum?" fragte der Vetala. „Wenn der König die Göttergleiche dem Diener überließ, obwohl sie ihm sich schon ergeben hatte, weshalb sollte da nicht der König der Edlere sein?" — „Nein", erwiderte der König, „der ist der Edlere, der zuerst jemandem Gutes tut, denn:

> Tut einer Gutes dort, wo lauter Gute sind, worin besteht da seine Tugend? Tut aber einer Gutes unter bösen Menschen, den mögen Weise einen Guten nennen."

Bei diesen Worten verschwand der Vetala, und die Leiche hing wieder in den Zweigen des Baumes.

Dieses war die achte der fünfundzwanzig Erzählungen des Vetala, wie sie von Schivadasa verfaßt wurde.

Der König ging nun abermals zu dem Schimschipa-Baume, holte den Toten herab, lud ihn sich auf die Schulter und machte sich wieder auf den Weg. Da begann der Vetala von neuem und sprach: „Hör zu, König, was ich dir nun erzählen werde!"

Zur Zeit des Königs Madanavira lebte in der Stadt Madanapura der Kaufmann Hiranyadatta, der hatte eine Tochter mit Namen Madanasena. Sie ging einst während des Frühlingsfestes mit ihren Freundinnen in den großen Park der Stadt, um sich dort an allerlei Spielen zu ergötzen. Zu ebenderselben Zeit kam Dharmadata, der Sohn des Kaufmanns Somadatta, mit einem Freunde dorthin. Als er das Mädchen erblickte, verliebte er sich sofort in sie. „Wenn diese nicht meine Frau wird", dachte er, „dann ist mein Leben inhaltslos." Von der Empfindung des Trennungsschmerzes gepeinigt, brachte er die Nacht zu. Am Morgen eilte er sogleich in den Park und traf sie dort ganz alleine an. Da ergriff er sie bei der linken Hand und sprach: „Wenn du nicht meine Gattin werden willst, dann scheide ich um deinetwillen aus dem Leben. Wie heißt es doch?

> Mädchen, das Mal auf deiner Stirn gleicht einem Pfeile: du spannst den Bogen deiner Augenbrauen und triffst damit, ich weiß nicht, wen. Unübertroffen ist die Kunst des Bogenschießens des erhabenen Gottes der Liebe, läßt sie den Körper doch unversehrt und trifft das Gemüt im Innern des Leibes."

Sie jedoch antwortete: „In fünf Tagen wird mich ein Kaufmann, der Sohn des Amadatta, heimführen." — „Dann nehme ich dich mit Gewalt", rief er, doch sie bat ihn: „Tue das nicht, ich bin noch ein unberührtes Mädchen, du wirst eine Sünde auf dich laden.

> Was den Menschen Scham verursacht, was die Sitten der eignen Familie verletzt, das tut einer nicht, der vornehmer Herkunft ist, und koste es ihn auch das Leben."

Darauf erwiderte er ihr:

> „Wenn schon Gott Indra mit Ahalya, der Asketenfrau, einstmals der Liebe pflegte, wie sollen die Lilienäugigen uns da nicht den himmlischen Frauen gleich erscheinen? Kann einer, und sei er auch noch so gelehrt, schicklich und unschicklich denn unterscheiden, wenn doch die Glut der

Erinnerung das Herz einer Strohhütte gleich versengen will?"

„Nun", sagte sie, „wenn es sich so verhält, dann warte ab. In fünf Tagen wird meine Hochzeit sein. Sobald die Riten vollzogen sind, komme ich zu dir, und dann erst gehe ich zu meinem Gatten, um mich mit ihm der Liebe hinzugeben. Das schwöre ich dir mit einem heiligen Eid." Nachdem sie ihm dies zugestanden hatte, ließ er sie los, und sie ging nach Hause. Er kehrte ebenfalls in sein Haus zurück.

Fünf Tage darauf fand die Hochzeit statt. Als der Gatte nachts seine junge Frau umarmen wollte, wehrte sie ihn ab. Da fragte er: „Warum bist du nicht zärtlich zu mir?" — „Hör zu", sagte sie und erzählte ihm die Begebenheit, die sie noch als Mädchen erlebt hatte. Der Gatte sprach: „Wenn das wahr ist, dann gehe zu ihm." Unterwegs bemerkte sie ein Dieb. Erfreut dachte er: „Ich werde mir ihren Schmuck holen." Und laut sagte er:

„Wohin eilst du in finsterer Nacht, du, deren Schenkel Elefantenrüsseln gleichen?"

„Dorthin, wo derjenige wohnt, der mir lieber ist als meine Seele."

„Warum fürchtest du dich nicht, so ganz alleine?"

„Weil der Liebesgott mit seinen gefiederten Pfeilen mein Begleiter ist."

Und sie erzählte alles, was geschehen war. Der Dieb ließ sie laufen, denn er dachte: „Wie kann ich ihrer Liebe im Wege stehen?" So gelangte sie ungehindert zu dem Ruhegemach, in dem Dharmadatta schlief. Er sprach sie an:

„Bist du eine Dämonin, eine himmlische Musikantin, eine Kinnari oder Götterfürstin? Bist du ein Schlangenweib, eines Heiligen Tochter, eine Zauberin oder Unholdin, die in der Nacht ihr Wesen treibt? Bist du eine Vidyadhari, eine Apsaras oder ein Mensch, der auf der Erde wandelt? Sprich, wer bist du, Liebe? Ich weiß es nicht. Woher bist du gekommen?"

„Ich bin Madanasena, Hiranyadattas Tochter", sagte sie, „die du vor einiger Zeit im Park mit Gewalt ergriffen hast und die dir einen heiligen Eid geschworen hatte. Heute ist meine Hochzeit gewesen, und nun bin ich zu dir gekommen." — „Hast du dem dir vermählten Gatten unsere Geschichte erzählt?" fragte er sie. „Ja, das habe ich getan!" Da rief er aus:

„O Schmuck ohne Kleidung! O Speise ohne Butterschmalz! O Musik ohne Ton und Beischlaf ohne Zuneigung! Wenn eine Frau uns gewogen ist, so raubt sie uns unser Hab und Gut. Straft sie uns jedoch mit Ablehnung, so raubt sie uns gar die Lebensgeister. Ach ja, in der Liebe wie auch im Haß sind Frauen ein wahrhaft großes Übel. Sei es Gewalt, sei's Unwahrheit, Unschickliches, Ungehöriges — das eben tun die Frauen gern. Doch wo Furcht herrscht, da vergeht die Lust.

Von außen lieblich, drinnen jedoch voll Gift, gerade wie die Gunja-Frucht, so sind die Frauen von Natur. Da plaudern sie mit einem Mann, werfen dem anderen Blicke zu, ein dritter wohnt in ihrem Herzen. Wem sind sie wirklich zugetan?

Was sie im Innern denken, das kommt niemals ihnen in den Mund. Was ihnen auf der Zunge liegt, das sprechen sie trotzdem nicht aus, und was sie sagen, tun sie nicht. Seltsam ist doch der Frauen Tun.

Vier Listen schuf der Schöpfer einst, mit denen Politik man macht, doch schuf er uns die fünfte nicht, mit der die Frauen man bezwingt.

Was bedarf es noch der Worte? Ich will nicht die Frau eines anderen Mannes besitzen." Als sie dies hörte, verließ sie ihn. Auf dem Wege nach Hause traf sie wieder den Dieb und erzählte ihm, was sich zugetragen hatte. Der Dieb lobte sie und ließ ihr all ihren Schmuck. So eilte sie zu ihrem Gatten. Nachdem sie ihm den ganzen Hergang erzählt hatte, empfing sie ihn in liebevoller Umarmung. So heißt es doch auch:

Die Nachtigall ziert ihr Gesang, die Gattentreue ziert die Frau. Häßliche zeichnet Wissen aus, wie Langmut den Asketen ziert.

Damit beendete der Vetala seine Geschichte und fragte den König: „Herr, sage mir, welcher von den dreien besitzt den vorzüglichsten Charakter?" — „Der Dieb", antwortete der König. „Warum denn das?" fragte der Vetala zurück, und der König erklärte: „Der Gatte ließ sie gehen, als er erfuhr, daß ihr Herz an einem anderen hing. Der andere Mann nahm sie nicht, weil er die Strafe des Königs (die auf Ehebruch steht) fürchtete. Allein der Dieb hatte keinen Grund, sie laufenzulassen. Daher ist er besser als die anderen." Nach diesen

Worten verschwand der Vetala, und die Leiche hing wieder in den Zweigen des Schimschipa-Baumes.
Dieses war die neunte der fünfundzwanzig Erzählungen des Vetala, wie sie von Schivadasa verfaßt wurde.

Der König ging nun abermals zu dem Schimschipa-Baum, holte den Toten herab, legte ihn sich über die Schulter und machte sich erneut auf den Weg. Da sprach der Vetala wieder: „Höre, König, die Geschichte, die ich dir jetzt erzähle!"

Im Lande der Gauda liegt die Stadt Pundravardhana. Dort herrschte König Gunaschekhara. An seinem Hofe war ein Minister, der ein Anhänger der Lehre des Jina[22] war. Durch ihn bekehrte sich auch der König zu dieser Lehre. Die Verehrung des Schiva durch Gebete, Riten und Opfer, Gaben an den Wunschbaum[23], Schenkungen von Land und Gold (an die Brahmanen), das Spenden von Opferklößen für die Ahnen, das Versenken der Gebeine in den Fluten des Ganges und was es alles an frommen Handlungen sonst noch gibt, das alles schaffte der Minister ab. Er erklärte: „Herr!

> Vernimm nun des Dharma Lehre und folge ihr, hast du sie vernommen:
> Was einem selbst zuwider ist, das füge man auch den andren nicht zu. So unbeständig wie der Leib, so unbeständig ist die Macht. Stets gegenwärtig ist der Tod, darum soll man den Dharma befolgen.
> Allwissend und voll Gleichmut sind auch Brahma, Vischnu, Maheschvara nicht, denn Liebe, Haß und Leidenschaft, Zorn, Gier und Verblendung kennen auch sie.
> Wer allen Wesen Schutz gewährt, wird unbesiegbar und beliebt, mild, freigebig und an Gütern reich, ruhmvoll, langlebig und gesund. Es gibt auf dieser Welt kein Glück, wird es nie geben und gab es nie, wenn es nicht täglich dem Beschützen der Untertanen neu entspringt.
> Bedrängte zittern wie Gras oder Flügel. Wer diese ihres Lebens beraubt, wem ist der an Grausamkeit wohl vergleichbar? Wie sollt man die Bösen von schlechtem Wandel von wilden Tigern unterscheiden, wenn sie selbst

die töten, die Gras mit ihren Zähnen rupfen? Die Schlechten, die ihr eigenes Fleisch mit dem Fleische anderer mästen, die essen dann später ihr eigenes Fleisch, wenn sie in die tiefste Hölle gelangt sind. Alle schwer zu erduldenden Übel, die es in den drei Welten gibt, werden diejenigen erlangen, die andere Lebewesen morden. Kurzlebig, verkrüppelt, blind, krank und taub, zwergwüchsig, kahlköpfig, voller Grind wird er in jeder Wiedergeburt. Wenn die Ahnen befriedigt werden, sobald man Brahmanen im Übermaß speist, weshalb wird dann nicht der eine fett, sobald man dem anderen Butterschmalz gibt?
Wenn der Vater von Sünden erlöst wird durch die vom Sohn gespendeten Gaben, dann erreicht wohl der eine Erlösung durch eines anderen guten Wandel?
Wird ein längst Toter dadurch selig, daß man seine Knochen in den Ganges wirft, so müßte ein Baum, zu Asche verbrannt, durch Besprengen mit Wasser Knospen bekommen.
Den Scham und Besitz vernichtenden, die Familie zugrunde richtenden, das Gemüt in Wallung bringenden, niedere Lüste erregenden, Rausch bewirkenden, Tugend verderbenden, Geschick und Wissen vernichtenden, Erinnerung raubenden, Reinheit zerstörenden Alkohol, der nur Schaden anrichtet auf tausenderlei krummen Wegen, welcher Kluge wollte den trinken?
Eine größere Sünde als den Genuß von Alkohol hat es nie gegeben, gibt es nicht und wird es nie geben. Eine größere Tugend als das Aufgeben des Alkohols hat es nie gegeben, gibt es nicht und wird es nie geben.
Das Fleisch geht nicht aus der Erde hervor, nicht aus Bäumen oder aus Gräsern. Aus den Organen entsteht das Fleisch, darum soll man kein Fleisch genießen."

Wozu noch mehr der Worte? Mit solchen und ähnlichen Reden unterwies der Minister den König in der Lehre der Jainas. Damals wurde sein Reich von Räubern heimgesucht, denn der König regierte nicht mehr mit Strenge.

Als er nach einiger Zeit starb, übernahm sein Sohn Dharmadhvaja die Regierung. Er vertrieb den Minister Abhayacandra samt seiner Familie aus dem Reich und stellte die Ordnung wieder her.

Eines Tages begab sich der König mit all seinen Frauen in den

Lusthain, um sich dort mit ihnen zu ergötzen. Inmitten dieses Haines lag ein großer See. Eine Dienerin holte aus dem See eine Lotosblüte, die sie ihrer Herrin geben wollte. Da fiel sie herab, der Königin auf den Fuß, so daß sie ihn brach. Als die zweite Königin die Strahlen des Mondes trafen, bekam sie davon Pusteln auf der Haut. Der dritten Königin aber, die von einem weit entfernten Hause her das Stoßen einer Mörserkeule hörte, begann sogleich die Hand zu schmerzen.

„Sag mir nun", fragte der Vetala den König, als er die Geschichte soweit erzählt hatte, „welche von den dreien war die Empfindlichste?" Da antwortete der König: „Die von dem bloßen Geräusch Schmerzen in der Hand bekam, ist die Empfindlichste." Kaum hatte er dies gehört, verschwand der Vetala, und der Tote hing wieder an dem Schimschipa-Baum.
Dieses war die zehnte der fünfundzwanzig Erzählungen des Vetala, wie sie von Schivadasa verfaßt wurde.

Der König ging nun abermals zu dem Schimschipa-Baum, holte den Toten herab, lud ihn sich auf die Schulter und machte sich wieder auf den Weg. Da begann der Vetala von neuem zu sprechen: „Höre, König, was ich dir jetzt erzähle!"

In einer Stadt mit Namen Gunapura herrschte König Janavallabha. Er hatte einen Minister namens Prajnakosha, dessen Gattin trug den Namen Lakschmi. Dieser König war der Ansicht: „Wozu taugt mir die Königsherrschaft, wenn ich mich nicht einmal mit den Frauen, den Schöngliedrigen, vergnügen soll?" Daher lud er dem Minister die ganze Bürde der Herrschaft auf und kümmerte sich gar nicht weiter um die Regierungsgeschäfte.
Eines Tages, als der Minister nach Hause kam, fragte ihn seine Gattin: „Herr, bist du vielleicht ernstlich krank?" — „Ach", antwortete der Minister, „Tag und Nacht sorge ich mich um das Königreich, denn der Herrscher ist wieder nur damit beschäftigt, die Zeit im Liebesspiel mit schönen Frauen hinzubringen." Da riet ihm seine Frau: „Herr, kündige doch eine Wallfahrt zu irgendeiner heiligen Stätte an und laß dir dafür

vom König Urlaub geben." Der Minister beherzigte ihre Worte, bat den König um Urlaub und zog auf Pilgerfahrt. Als er an das Ufer des Meeres gelangt war und dort dem Rameshvara[24] seine Verehrung darbrachte, erstand plötzlich aus dem Meere ein Baum mit goldenen Wurzeln, geschmückt mit edelsteinbesetzten Zweigen und mit Knospen von Korallen bedeckt. Auf dem Baume erblickte der Minister eine göttliche Schöne. Sie saß auf einem Kissen eines Ruhebettes, hielt eine Vina in der Hand und sang dazu die folgenden drei Verse:

„Wenn einer reine und unreine Samen in die Erde der Taten sät, erwächst ihm immer wieder Gleiches. Vom Schicksal bestimmt ist die ganze Welt, samt Göttern, Widergöttern und Menschen — deshalb beherzige man dies mit aller Kraft. Was an guten und schlechten Taten in früheren Existenzen der Menschen angesammelt wurde, ist Ursache für Werden und Vergehen aller lebenden Wesen."

Als sie dies verkündet hatte, versank sie mitsamt dem Baum wieder im Meere. Voller Staunen sah der Minister alles mit an, wandte sich um und kehrte in seine Stadt zurück. Ehrfurchtsvoll begrüßte er den König und sprach zu ihm:

„Etwas, was unwahrscheinlich ist, und säh man es auch mit eigenen Augen, das soll man anderen nicht erzählen. Wie mit den Liedern der Affen verhält es sich auch mit dem schwimmenden Stein. Unübertroffen sind Affen im Springen von Zweig zu Zweig; überquert aber einer von ihnen das Meer, so geschieht es gewiß auf übernatürliche Weise."[25]

Und nun erzählte er dem König alles, was er erlebt hatte. Da übertrug der König dem Minister die Regierungsgeschäfte und machte sich zum Meeresstrand auf, um dem Rameshvara seinerseits seine Verehrung zu bezeigen. Kaum hatte er damit begonnen, da tauchte auch schon aus der Tiefe des Meeres der Wunschbaum mit dem schönen Mädchen empor. Sowie er ihrer ansichtig wurde, stieg der König schnell auf den Baum und versank mit ihm in die Unterwelt. Dort fragte ihn das Mädchen: „Sei gegrüßt, Held, weshalb bist du hierhergekommen?" — „Weil ich durch deine Schönheit begierig geworden bin, deine Liebe zu erlangen." — „Wenn du bereit bist", sagte da das Mädchen, „mich in jeder Neumondsnacht allein zu lassen, dann heirate mich auf der Stelle." — „So sei es", erwiderte der

König, und damit vollzogen sie die Hochzeit.

Bald wurde es Neumond, und sie sprach: „König, heute darfst du dich mir nicht nahen." Der König hörte sich zwar an, was sie sagte, versteckte sich aber, mit seinem Schwert bewaffnet, und blieb an diesem Ort. Als er sie nun so beobachtete, sah er plötzlich einen Dämon auf sie zukommen und sie verschlingen. Da faßte der König sein Schwert und lief mit den Worten herzu: „He, Unhold, du verdammter Frauenmörder! Wohin willst du? Vorwärts, kämpfe mit mir!" Es heißt ja:

> Solang Gefahr nicht sichtbar ist, solang schreckt sie den Menschen auch. Furchtlose zwingen die Gefahr, ist sie erst einmal offenbar.

Und er nahm das Schwert und tötete den Dämon. Dann zog er die Schöne aus seinem Leibe hervor. „Gut gemacht, o Held", lobte sie, „du hast mir einen großen Dienst erwiesen. Man sagt ja:

> Nicht jeder Berg birgt Edelstein, Perlen nicht jeder Elefant. Helden gibt es nicht überall, Sandelholz nicht in jedem Wald."

Nun fragte der König sie: „Warum verschlingt der Dämon dich in jeder Neumondsnacht?" — „Ach", sagte sie, „ich bin die Tochter eines Vidyadhara und heiße Sundari. Mein Vater hatte mich überaus lieb. Ohne mich nahm er keine Mahlzeit ein. Eines Tages kam ich zur Essenszeit nicht rechtzeitig nach Hause. Da verfluchte mich der Vater: ‚Möge dich in der Neumondsnacht ein Dämon verschlingen!' Sofort bat ich ihn: ‚Lieber Vater, du hast einen Fluch über mich ausgesprochen, nun sage mir doch auch, wie ich davon wieder erlöst werden kann.' — ‚Wenn ein tapferer Mann kommt, der mit dem Unhold kämpft', entgegnete mein Vater, ‚dann wirst du von dem Fluche befreit werden.' Heute ist nun der Bann gebrochen. Ich will sogleich zu meinem Vater gehen und mich ihm zu Füßen werfen." Der König aber bat: „Wenn du die Hilfe, die ich dir geleistet habe, vergelten willst, dann folge mir zuerst in meine Stadt, damit ich mich um die Herrschaft kümmern kann. Danach sollst du zu deinem Vater gehen." — „So soll es sein", erwiderte sie, sprach insgeheim einen Zauberspruch und führte den König zu einem Teich. Beide sprangen hinein und tauchten in des Königs Gemächern wieder auf. Da ließ der Minister die Stadt schmücken und veranstaltete ein großes Fest, unter den Klängen der Musik, mit Liedern der Barden und höfischen Dichter, Gesängen, Teilen der heiligen Schriften und den heilbringenden Klängen der Veda-Rezitationen.

Alle Welt kam mit glückverheißenden Gaben herbei.

Als nun einige Zeit vergangen war, sagte sie: „O König, jetzt will ich mich aufmachen und meinen Vater besuchen." — „Gehe nur", sprach der König, und sie besann sich auf einen Zauberspruch. Es wollte ihr jedoch keiner in den Sinn kommen. Da fragte der König: „Weshalb weißt du keinen Zauberspruch mehr?" Und sie antwortete ihm: „Weil ich als Göttin mein Herz an einen Menschen hängte, stehen mir Zauberkräfte nun nicht mehr zu Gebote." Darüber war der König außerordentlich froh und veranstaltete sogleich ein zweites Fest in der Stadt. Während des Festes aber starb der Minister.

Damit beendete der Vetala seine Geschichte und fragte: „Was meinst du, König, warum ist der Minister gestorben, als das Fest begann?" Vikramasena antwortete:

„Von hoher Bildung, wohlgelehrt, in jeder Wissenschaft daheim, geduldig, niemals launenhaft, genügsam, strebsam, treu dem Herrn, aufopfernd, kenntnisreich und gut, ehrlich, von stets beherrschtem Sinn, tatkräftig von Entschluß und frei von jedem eigenen Gelüst,

weil der Minister von dieser Art war, hätte der König ihn immerfort im Amte behalten wollen. Daher dachte der Minister: ‚Der König wird nun ganz der Königin ergeben sein und nicht mehr ans Regieren denken. Die Untertanen werden keinen Beschützer mehr haben, und das Reich wird dadurch Schaden nehmen. Es wird ja gesagt:

Ein Mann, der Wissen nicht besitzt, ein Ehepaar, das kinderlos, auch Untertanen ohne Schutz, ein herrscherloses Königreich — wie sind die doch beklagenswert.'

Bei diesem Gedanken starb der Minister." Kaum hatte er dies gehört, verschwand der Vetala, und der Tote hing wieder an dem Baume.

Dieses war die elfte der fünfundzwanzig Erzählungen des Vetala, wie sie von Schivadasa verfaßt wurde.

Der König ging nun noch einmal zu dem Schimschipa-Baum, holte den Toten herab, lud ihn auf die Schulter und machte sich erneut auf den Weg. Da begann der Vetala von neuem und sprach: „Hör zu, König, was ich dir jetzt erzähle!“

Es war einmal eine Stadt mit Namen Cudapura. Dort lebte der König Cudamani. Dessen Opferpriester Harisvami, Sohn des Devasvami, war schön wie der Liebesgott, gelehrt wie Brihaspati[26] und reich wie Vaischravana. Dieser Harisvami nun heiratete Lavanyavati, die einem Göttermädchen gleichende Tochter eines Brahmanen. Beide verliebten sich ineinander. Einstmals während der Sommerszeit schliefen die zwei des Nachts auf dem Dach ihres Hauses. Da geschah es, daß ein durch in der Luft dahineilender Vidhyadhara die nackte Lavanyavati erblickte, von Begierde erfaßt wurde und sie in seinem fliegenden Götterwagen entführte. Als Harisvami aus dem Schlaf erwachte und aufstand, konnte er die Geliebte nirgends sehen. „Wohin ist sie gegangen, von wem ist sie entführt worden?“ fragte er sich. Er durchstreifte die ganze Stadt, fand sie aber nirgendwo und kehrte schließlich nach Hause zurück. Beim Anblick des leeren Lagers warf er sich nieder und rief: „O meine geliebte, treue Frau, Liebling meines Herzens! Wohin bist du gegangen, nachdem du mich verlassen hast? Gib mir eine Antwort!“ Leise klagte er:

> „Komm, o Windhauch, der du die Geliebte berührt hast, berühre auch mich! Dieser Windhauch erhält mich am Leben, bis ich sie wiedersehe.“

Des Lebens überdrüssig geworden, überlegte er:

> „Männer von großen Fähigkeiten können zwischen zwei verschiedenen Lebensweisen wählen: Entweder tragen sie schöne Kleider oder ein geflicktes Gewand. An ihrer Hand hängt entweder ein junges Mädchen oder der Rosenkranz, mit dem sie in den Fluten der Ganga baden.[27]

Was fange ich mit meinem sinnlos gewordenen Leben an? Ich werde zu einem heiligen Ort pilgern und mich dort zu Tode fasten. Oder soll ich zu Askese meine Zuflucht nehmen?“ Nachdem er seinen Entschluß gefaßt und sich für eine bestimmte Art von Askese entschieden hatte, verließ er sein Haus. Auf seinem Wege gelangte er um die Mittagszeit in eine Stadt. Dort fertigte er sich aus einem Blatt ein Tütchen an

und machte sich auf den Bettelgang. Im Hause eines Brahmanen bat er um Speise.
Die Frau des Hauses füllte ihm das Tütchen mit süßem Milchbrei und zerlassener Butter. Danach begab er sich zu einem Teich, legte das Tütchen im Schatten eines Baumes nieder und ging, um sich Hände und Füße zu waschen. In einer Höhle des Baumes lebte aber eine große Schlange. Aus deren Maul fiel ein Tropfen Gift auf die Speise, und der Asket aß dies alles nichtsahnend auf. Nachdem er die Mahlzeit beendet hatte, schleppte er sich hin und her wankend zum Hause der Brahmanin und sagte zu ihr: „Du hast mir Gift gegeben. Noch heute werde ich sterben!" Während er so sprach, starb er auf der Schwelle ihres Hauses. Da wurde die Brahmanin von ihrem Gebieter, dem Brahmanen, aus dem Hause gewiesen: „Mach, daß du fortkommst, du Brahmanenmörderin!"[28]

Nachdem er diese Geschichte erzählt hatte, sagte der Vetala: „Nun, König, sprich! Wer hat sich hier des Brahmanenmordes schuldig gemacht?" König Vikramasena antwortete: „Im Maul der Schlange befindet sich Gift. Ist sie deshalb schuldig? Die Brahmanenfrau hat aus Frömmigkeit dem Asketen Essen gegeben. Ist sie deshalb schuldig? Nichtsahnend hat der Asket es samt dem Gift aufgegessen. Ist er etwa deshalb schuldig? Wer hier unüberlegt von Schuld spricht, der hat selbst schuld."
Dieses vernehmend, verschwand der Vetala und hing wieder im Gezweig des Schimschipa-Baumes.
Dieses war die zwölfte der fünfundzwanzig Erzählungen des Vetala, wie sie von Schivadasa verfaßt wurde.

•

Der König ging nun noch einmal zu dem Schimschipa-Baum, holte den Toten herab, lud ihn auf die Schulter und machte sich erneut auf den Weg. Da begann der Vetala von neuem und sprach: „Hör zu, König, was ich dir jetzt erzähle!"

Es war einmal eine Stadt mit Namen Candradarschana. Dort lebten der König Ranadhira und der Großkaufmann Dharmadhvaja mit seiner Tochter Kshobhini. Diese verwirrte mit ihrer Schönheit sogar den Sonnengott. Im Hause ihres Vaters herangewachsen, war sie zu voller Jugend erblüht.

In dieser Stadt trieben des Nachts Räuber ihr Unwesen. Die Vornehmen der Stadt trafen zusammen und ließen den König wissen: „Herr, Räuber richten die Stadt zugrunde." — „Das wird von nun an nicht mehr geschehen", antwortete der König. Nacht für Nacht ließ er in den Straßen Wächter patrouillieren. Doch die Untaten hörten nicht auf, und die Leute begannen zu murren. Da beschloß der König: „Heute nacht will ich ganz allein in der Stadt umherstreifen!" Als der König nun in der Nacht allein durch die Stadt ging, gewahrte er einen Mann und rief ihn an: „He, wer bist du?" Dieser antwortete: „Ich bin ein Räuber. Und wer bist du?" Der König erwiderte: „Ich bin auch ein Räuber." — „Das trifft sich ausgezeichnet", sagte der Mann, „plündern wir doch zusammen die Stadt aus!" So taten sie und durchstreiften gemeinsam die Stadt. Bei Tagesanbruch kamen sie vor die Stadt, und der König betrat mit dem Räuber eine Höhle: die unterirdische Räuberburg. Der Räuber ließ den König draußen stehen und ging selbst in das Haus hinein. Unterdessen kam von dort eine Dienerin des Räubers gelaufen. Den König erblickend, sagte sie: „O Herr, wie bist du an diesen schlimmen Ort gelangt? Wenn du nicht zu Schaden kommen willst, lauf schleunigst weg!" Auf seine Bitte hin zeigte sie dem König den Weg, und so gelangte dieser wieder in seine Stadt.

Am Tage darauf ließ der König sein ganzes Heer gefechtsbereit antreten und die Höhle umzingeln. Der Räuber kam aus der Höhle heraus und erschlug zahlreiche königliche Wagenkämpfer, Reiter und Fußsoldaten. Dann wurde er vom König mit großer Mühe und mit List bezwungen. Man fesselte ihn, brachte ihn in die Stadt und führte ihn unter dem Klang der Hinrichtungstrommel vor den versammelten Bürgern zur Pfählung. Die Leute — sogar auf den Dächern ihrer Häuser saßen sie — riefen: „Seht doch den großen Räuber, der unsere Stadt geplündert hat!" Dabei erblickte ihn auch die Tochter des Großkaufmanns Dharmadvaja und verliebte sich in ihn. Sie bat ihren Vater: „Väterchen, geh zum Königshof, gib all dein Hab und Gut hin und kaufe den Räuber frei." Der Großkaufmann entgegnete: „Wie kann der König diesen Räuber freilassen, der seine Soldaten erschlagen und seine Stadt geplündert hat?" Sie aber sagte: „Väterchen, wenn du ihn nicht freikaufst, werde ich sterben." Auf ihre Rede hin ging der Großkaufmann zum König und sagte zu ihm: „Herr, nimm hunderttausend Goldstücke und laß dafür den Räuber frei."— „Wie kann ich den freilassen, der meine Soldaten erschlagen und meine Stadt geplündert hat?" erwiderte der König. So kehrte der Großkaufmann zurück und berichtete seiner Tochter, daß der König ihn nicht freigebe. Schon war die Pfählung vollzogen, als auch der Räuber noch von der Begebenheit mit der Großkaufmannstochter hörte. Und er weinte zuerst, lachte dann und starb schließlich. Sobald das Mädchen vom Tode des Räubers erfuhr, ließ es Holz sammeln und einen Scheiterhaufen errichten. Sie legte die Leiche des Räubers darauf und ging gerade daran, sich in das Feuer zu stürzen, als die in der Luft stehende Devi zu ihr sprach: „Tochter, ich bin zufrieden mit deiner Entschlossenheit. Sage mir einen Wunsch, den du im Herzen hegst." Das Mädchen antwortete: „Devi, wenn du zufrieden bist, dann möge dieser Räuber unversehrten Leibes wieder leben und mein Gatte werden." — „Tochter, so soll es geschehen", versicherte die Devi, holte aus der Unterwelt den Unsterblichkeitstrank und gab dem Räuber das Leben zurück. Dieser heiratete die Großkaufmannstochter und nahm sie mit in seine unterirdische Räuberburg.

Nachdem er diese Geschichte erzählt hatte, sagte der Vetala: „Nun, König, sprich! Aus welchem Grunde hat der Räuber, als er starb, zuerst geweint und dann gelacht?" König Vikramasena antwortete: „Warum der Räuber geweint hat, das weiß ich: In diesem Augenblick dachte er in seinem Herzen: ‚Dieser hat für mich dem König sein ganzes Hab und Gut angeboten. Wie kann ich ihm das jemals vergelten?' Deshalb weinte er. Und ich weiß auch, warum er dann gelacht hat. Er dachte: ‚Seht doch die Versessenheit der Weiber! Sogar in meiner Sterbestunde hat sie sich in mich verliebt!' Und es heißt ja:

> Die Frauen lieben den Mann, auch wenn er unwürdig ist: die Glücksgöttin einen, der keine glückverheißenden Merkmale hat, und Sarasvati[29] einen, der vornehmer Herkunft ermangelt, was tut's — läßt Indra es doch auch auf dem Berge regnen!

Und weiter:

> Vergebens sucht man Reinheit bei der Krähe und Wahrheitsliebe beim Besitzer eines Spiellokals, vergebens auch

bei einer Schlange Nachsicht und bei den Weibern Zügelung der Liebesgier. Wo hätte jemand schon gefunden bei einem Feigling festen Mut, bei einem Trinker gründliche Gedanken, bei einem König einen wahren Freund?"

Diese Worte vernehmend, verschwand der Vetala.

Dieses war die dreizehnte der fünfundzwanzig Erzählungen des Vetala, wie sie von Schivadasa verfaßt wurde.

Der König ging nun noch einmal zu dem Schimschipa-Baum, holte den Toten herab, lud ihn auf die Schulter und machte sich erneut auf den Weg. Da begann der Vetala von neuem und sprach: „Hör zu, König, was ich dir jetzt erzähle!"

Es war einmal eine Stadt mit Namen Kusumavati. Dort lebte König Suvicara. Dessen Tochter Candraprabha war ins heiratsfähige Alter gelangt und zu voller Jugendblüte herangewachsen. Eines Tages zu Beginn des Frühlings ging sie mit ihren Freundinnen in den Park, um Blumen zu pflücken. Auch ein junger Brahmane namens Vamanasvami war dorthin gekommen. Die beiden erblickten einander und betrachteten sich aus den Augenwinkeln. Da überfiel die Königstochter ein solcher Sehnsuchtsschmerz, daß sie nur mit großer Mühe nach Hause gelangte. Der junge Brahmane aber fiel von Liebe überwältigt an Ort und Stelle nieder und verlor das Bewußtsein. Gerade zu dieser Zeit kamen zwei Zauberkundige, Schaschi und Muladeva, an diesen Ort. Muladeva erblickte den am Boden liegenden Brahmanen und rief: „He Schaschi, sieh doch den Zustand dieses Brahmanen! Es heißt ja:

Herrscht doch solange nur im Geiste der Gelehrten die klare Urteilskraft, die aus der Wissenschaft entsteht, wie sie nicht Pfeilen gleich die Blicke treffen, von schönen Mädchenaugen ausgesandt."

Dann rief Muladeva: „He, Brahmane, wie bist du in diesen Zustand geraten? Erzähle uns den Grund!" Vamanasvami sprach:

Nur dem erzählt man seinen Kummer, der ihn zu beheben weiß. Was soll man einem seinen Kummer klagen, der gegen ihn nichts unternehmen kann?

Warum fragst du eigentlich? Ich habe einen so starken Grund für meinen Kummer, daß du, wenn du mir eine Gunst erweisen willst, mir höchstens Holz für einen Scheiterhaufen geben kannst. Was soll mir anderes?" Muladeva antwortete: „Übereile nichts, Brahmane. Teile mir den Grund für deinen Kummer mit, dann werde ich dich von deinem Schmerz befreien." Da erzählte Vamanasvami: „Ich habe mich in die Tochter des Königs verliebt. Wenn ich nicht auf irgendeine Weise in ihren Besitz gelangen kann, stürze ich mich ins Feuer." Darauf sagte Muladeva: „Tu das nicht! Ich will dir Reichtum geben. Was soll dir diese Königstochter? Mädchen wie sie werden dir noch viele über den Weg laufen." Vamanasvami aber sprach:

> Eine Frau zu genießen — gibt es ein größeres Glück auf Erden, ein besseres Lebenselixier? Werden doch damit alle Sinnesorgane gleicherweise zufriedengestellt.
> Von allen Edelsteinen sind die Frauen das schönste Juwel. Für sie wünscht man sich Geld. Wenn man sie aufgibt, was braucht man dann Geld?
> Die Frucht des rechten Lebenswandels ist der Reichtum, die Frucht des Reichtums ist das Glück. Die Wurzeln des Glücks aber sind die Zartgliedrigen — woher kommt Glück, wenn nicht von ihnen?"

„Wenn es so mit dir steht, Brahmane", erwiderte nun Muladeva, „dann erhebe dich. Ich werde dir die Königstochter verschaffen." Er schob Vamanasvami eine Zauberpille in den Mund, und dieser verwandelte sich in ein zwölfjähriges bildschönes Mädchen. Eine zweite Pille nahm er selbst in den Mund und wurde zu einem alten Brahmanen. Mit dem Mädchen an der Hand ging nun Muladeva zum Königspalast. Der König gewährte ihm eine Audienz und bot ihm einen Sitz an. Der Brahmane begann mit dem Segenswunsch:

> „Der selbst in Zwergengestalt diese Dreiwelt unter seine Herrschaft zwang; der mit Hilfe einer Schar von Affen aus Berggipfeln eine Brücke über das Meer baute; der, o Wunder! auf seiner Handfläche den König der Berge hielt, zum Schutze der Kühe; der Gott mit dem beschwerlichen Lebenswandel — er möge dich stets beschützen, o König!"[30]

Auf die Frage des Königs, woher er gekommen sei, erzählte er dann folgende Geschichte:

„Ich wohne am Ufer der Ganga, o Herr, zusammen mit meiner Brahmanin und einem sechzehnjährigen Sohn. Neulich trug mir meine Brahmanin auf, ich solle mich um die Heirat unseres Sohnes kümmern. Und so ging ich, um eine Braut zu suchen, zu meinen Verwandten, konnte aber kein geeignetes Mädchen finden. Danach zog ich in die Fremde, erwarb dieses Mädchen hier und führte es zu meinem Sohn. Er heiratete es und zog mit ihm in sein Dorf. Nachdem er sie einige Tage dortbehalten hatte, kehrte er wieder zurück und schickte die junge Frau in das Haus ihrer Mutter. Als vier Monate vergangen waren, sagte meine Brahmanin zu mir: ‚Brahmane, nach der Sitte des viermonatigen Hochzeitstages hole die junge Frau zurück.' Da machte ich mich auf, um sie zu holen. Wie ich nun mit ihr zurückkomme, ist inzwischen unser Dorf überfallen worden. Wo meine Frau und mein Sohn hingeraten sind, weiß ich nicht. Das Dorf ist in großer Aufregung. Nun kann ich nirgends hingehen, weil ich mir sage, daß diese Frau meines Sohnes sehr schön ist. Deshalb mögest du sie mit größter Sorgfalt in deine Obhut nehmen, während ich nach meiner Frau und meinem Sohn suche, und sie mir hernach wieder zurückgeben." Der König überlegte: „Wenn ich auf den Vorschlag des Brahmanen nicht eingehe, wird er mich verfluchen."[31] Deshalb sagte er, das schöne Mädchen betrachtend: „Euer Wunsch ist mir Befehl." Da ging der Brahmane, und das Mädchen blieb zurück. Der König ließ nun seine Tochter rufen und sagte zu ihr: „Tochter, diese junge Brahmanin sollst du mit größter Sorgfalt in deinem Zimmer behüten und dich weder beim Schlafen noch beim Essen von ihr trennen." Als sie dies vernommen hatte, nahm die Königstochter die Brahmanin bei der Hand und führte sie in ihr Zimmer. Zur Nachtzeit legten sich beide auf einem Lager zum Schlafen nieder und kamen miteinander ins Gespräch. Der in ein Mädchen Verwandelte fragte: „Freundin, Königstochter, warum bist du so verstört und abgemagert? Welcher Kummer wohnt in deinem Herzen?" Die Königstochter erwiderte:

> „Keiner ist so edel, daß man ihm den Herzenskummer klagen könnte. Zwar steigt der Kummer einem in die Kehle, doch tritt er wieder in das Herz zurück.
>
> Wenige kennen die Tugend. Wenige schützen die Armen aus Liebe. Wenige treten für andere ein. Wenige fühlen mit fremdem Leid.

O Schiva, erschaffe uns nicht! Wenn du uns doch erschaffst, dann bitte nicht als Menschen. Wenn aber doch als Menschen, verschon uns mit der Liebe. Trifft trotzdem Liebe uns, erspare uns die Trennung!

Was gibt es da viel zu erzählen? Eines Tages ging ich mit meinen Freundinnen in den Park, um zu spielen. Dort sah ich einen überaus schönen, jungen Brahmanen, der dem Liebesgott glich. Unsere Blicke trafen sich. Jedoch seinen Aufenthaltsort und seinen Namen kenne ich nicht. Seit diesem Tage bin ich in solcher Verfassung. Wenn er mein Gatte wird, bleibe ich am Leben. Das ist der Grund dafür, daß ich so verstört und abgemagert bin." Als er dies hörte, sagte der in ein Mädchen Verwandelte: „Was gibst du mir, wenn ich dir den Geliebten zeige?" Die Königstochter antwortete: „Ich werde immer deine Sklavin sein." Da nahm er die Pille aus dem Mund und wurde ein Brahmane, und als sie den Geliebten erblickte, wurde sie verlegen. Doch dann genossen sie miteinander die Freuden der Liebe. Auf diese Weise wurde er nun immer des Nachts ein Mann und genoß mit ihr die Liebe, am Tage aber war er ein Mädchen. Nach Ablauf von sechs Monaten wurde die Königstochter schwanger. Eines Tages wurde der König mit seinem Hof in das Haus eines Ministers eingeladen, und auch die Königstochter kam mit dem in ein Mädchen Verwandelten zum Essen. Ein Sohn des Ministers sah die vermeintliche junge Brahmanin, und von ihrer Schönheit tief beeindruckt, rief er aus: „Wenn diese nicht meine Gattin wird, sterbe ich!" Von Sehnsucht gequält, war er in den zehnten Zustand der Liebe versetzt und dem Tode nahe.[32] Seinem Freunde erzählte er, was geschehen war. Dieser vertraute es dem Minister an, und der Minister bat den König: „Herr, gib diese junge Brahmanin meinem Sohn!" Der König wehrte ab: „Die gute Sitte erlaubt es nicht, jemandes Gattin einem Dritten zu überlassen." Daraufhin ließen andere Würdenträger den König wissen: „Herr, der Sohn des Ministers hat beschlossen zu sterben. Den Tod des Sohnes wird der Minister nicht überleben. Und der Tod des Ministers wird das Reich ins Verderben stürzen. Herr, auf jeden Fall muß man ihm die Brahmanin geben!" Als er das hörte, ließ der König die Brahmanin kommen und sagte zu ihr: „Heirate den Ministersohn!" Das Mädchen antwortete: „Herr, das ist nicht recht. Ich bin doch schon verheiratet." Doch der König verlangte abermals: „Auf jeden Fall mußt du das Reich retten! Geh in das Haus des Ministersohnes!" Da sprach das Mädchen: „Wenn ich schon gegen meinen Willen dem Ministersohn gegeben werden soll, so möge auch dieser tun, was ich verlange: Nach der Hochzeit soll er eine sechsmonatige Pilgerreise antreten und erst danach mit mir die Liebe genießen." Der Ministersohn war damit einverstanden, und die Hochzeit fand statt. Danach rief der Ministersohn seine erste Frau herbei und gab ihr folgende Anweisung: „Solange ich auf meiner Pilgerreise bin, sollt ihr beiden auf einem Lager schlafen, in enger Gemeinschaft miteinander leben und kein anderes Haus betreten." Dann begann er seine Pilgerreise.

In der Nacht lagen die beiden Frauen zusammen auf dem Lager und unterhielten sich miteinander. Die erste Gattin klagte: „Freundin, mich gelüstet nach einem Mann. Hinausgehen kann ich nicht, und hier drin ist keiner. Und ich bin doch noch so jung! Freundin, hast du auch etwas Böses getan, daß dich das Schicksal zu mir gesandt hat? Du bist fürwahr eine Schwester im Unglück." Der in ein Mädchen Verwandelte erwiderte: „Wenn du es gern möchtest, will ich ein Mann werden und dir Liebesfreuden verschaffen." — „Du willst mich wohl anführen?" fragte die erste. Da nahm diese die Pille aus ihrem Mund, wurde ein Mann und genoß mit ihr die Freuden der Liebe. Tagsüber war er dann wieder ein Mädchen, aber des Nachts wurde er zum Mann und pflegte der Liebe. Zwischen beiden entstand große Zuneigung.

Wozu viel Worte? Als sechs Monate vergangen waren, kehrte der Ministersohn zurück, und die beiden Frauen überlegten miteinander: „Dieser unglückselige Ministersohn ist wieder da. Was wird nun aus unseren Liebesfreuden?" Da kam dem in ein Mädchen Verwandelten ein Gedanke: „Solange alle Leute von der Glückwunschfeier für den zurückgekehrten Ministersohn in Anspruch genommen sind, will ich mich in einen Mann zurückverwandeln, zu Muladeva gehen und ihm alles erzählen." Er setzte den Gedanken sogleich in die Tat um, wurde ein Mann und berichtete das Geschehene dem schlauen Muladeva. Als er das gehört hatte, nahm Muladeva sogleich die Gestalt des alten Brahmanen an, verwandelte den Schaschi in einen sechzehnjährigen Jüngling, nahm ihn an der Hand und ging mit ihm zum Königshof. Dort empfing ihn der König, bot ihm einen Sitz an und fragte ihn nach seinem Befinden.

Asket und Mädchen, Skulpturengruppe im Freilichtmuseum Khajuraho

Apsaras

◀ Figur einer Apsaras, Khandariya Mahadeo-Tempel

Sundaradevi, eine göttliche Schöne, Devi Jagadamba-Tempel

Sundaradevi mit Asketen, Freilichtmuseum Khajuraho

Schiva mit seiner Gattin Parvati, Parschvanatha-Tempel

links Schiva mit seinem Begleittier Nandin, rechts in den Spiegel schauende Apsaras

Fries, eine Jagdszene darstellend, Lakschmana-Tempel

Zwei Verliebte

Erotische Szene

Mädchen, das sich einen Dorn aus dem Fuß zieht, Parschvanatha-Tempel

Tanzendes Mädchen, Parschvanatha-Tempel

Mädchen mit Schminkdose, Freilichtmuseum Khajuraho

Briefschreiberin

Torso einer weiblichen Figur

Der alte Brahmane antwortete, nachdem er dem König seinen Segenswunsch entboten hatte: „Dank der Gnade Gottes befinde ich mich wohl.“ Der König erkundigte sich, wer denn dieser junge Bursche sei, und der Brahmane antwortete: „O Herr, das ist mein Sohn. Seine Gattin habe ich Euch anvertraut. Gebt sie mir nun zurück.“ — „O Brahmane, sei so gnädig und höre mich an“, entgegnete der König und erzählte alles, was vorgefallen war. Der Brahmane tat, als ob er in großen Zorn geriete, und rief: „O König, wie ist solch ein Verhalten möglich? Wie konnte die Gattin meines Sohnes einem anderen gegeben werden? Ich werde dich verfluchen!“ — „O Brahmane, zürne mir nicht!“ bat der König. „Was immer du auch forderst, ich will es dir geben!“ Da antwortete der Brahmane: „Wenn ihr mir gewähren wollt, was ich verlange, so gebt meinem Sohn Eure eigene Tochter!“ Der König beriet sich mit seinen Hofleuten, und aus Angst vor einer Verfluchung übergab man die Königstochter dem Brahmanen. Vor aller Augen wurde sie mit dem schlauen Schaschi verheiratet. Darauf begaben sich Muladeva und Schaschi nach Hause und nahmen die Königstochter mit. Der Brahmane Vamanasvami kam auch dorthin, und sie gerieten miteinander in Streit. „Die Königstochter ist meine Gattin“, sagte der schlaue Schaschi, und der Brahmane Vamanasvami entgegnete: „Sie ist von mir schwanger. Deshalb ist sie meine Gattin!“ Muladeva war nicht imstande, den Streit der beiden zu schlichten.

Als er diese Geschichte erzählt hatte, sagte der Vetala: „Nun, König, sprich! Wessen Gattin ist sie?“ König Vikramasena antwortete: „Sie ist die Gattin des schlauen Schaschi.“ — „Warum ist sie nicht die Gattin des Brahmanen, wo sie doch von ihm schwanger ist?“ fragte der Vetala, und der König erklärte: „Der Brahmane ist in trügerischer Gestalt zu ihr gekommen. Schaschi dagegen hat sie vor aller Augen geheiratet. Ihr noch ungeborenes Kind, ob Sohn oder Tochter, wird für Schaschi die Ahnenopfer vollziehen.“[33]
Diese Worte vernehmend, verschwand der Vetala und hing wieder in den Zweigen des Schimschipa-Baumes.
Dieses war die vierzehnte der fünfundzwanzig Erzählungen des Vetala, wie sie von Schivadasa verfaßt wurde.

Der König ging nun noch einmal zu dem Schimschipa-Baum, holte den Toten herab, lud ihn auf die Schulter und machte sich erneut auf den Weg. Da begann der Vetala von neuem und sprach: „Hör zu, König, was ich dir jetzt erzähle!" Und er begann:

Es gibt ein Gebirge, das heißt Himalaja. Dort lebte der Vidhyadhara-König Jimutaketu. Dieser wünschte sich einen Sohn und brachte deshalb dem Wunschbaum seine Verehrung dar. Da sagte der Wunschbaum zu ihm: „Zufrieden bin ich mit dir, großer König.

> Einen Sohn von höchster Tugend gebe ich dir. So wird es geschehen. Zweifle nicht."

Der Wunsch des Königs wurde erfüllt und ihm ein Sohn geboren. Aus diesem Anlaß veranstaltete der König ein großes Fest und teilte viele Gaben aus. Der Sohn erhielt den Namen Jimutavahana. Unter seiner Regierung war die Welt erfüllt vom Lobe Schivas, und alle Leute lebten äußerst tugendsam. Es heißt auch:

> Alle hegten Liebe und Vertrauen zueinander, waren frei von Leidenschaft und Haß, fürchteten weder Verfinsterung der Sonne noch feindlichen Überfall.
> Von Räubern und Dieben und von stechenden Insekten drohte keine Gefahr. Unter einer Myriade von Jahren brauchte sich keiner vor dem Tode zu fürchten.
> Der Regengott spendete Regen nach Wunsch. Immer war die Erde reich an Saaten und Getreide, gaben die Kühe einen Krug voll Milch, standen die Bäume voller Früchte.
> Während er das Reich beherrschte, waren die Frauen ihren Gatten treu ergeben. Solch vorzügliche Eigenschaften besaß König Jimutavahana.

Auch Jimutavahana erwies dem Wunschbaum seine Verehrung, und dieser, zufrieden damit, sagte: „O Jimutavahana, sprich einen Wunsch aus!" — „O Erhabener", antwortete Jimutavahana, „wenn du zufrieden bist, dann bewirke, daß die ganze Erde ohne Armut ist." — „So soll es geschehen", antwortete der Baum. Als der Wunsch in Erfüllung gegangen war, wurden alle Leute reich: Keiner achtete mehr den anderen, keiner tat mehr etwas für den anderen, und alle Arbeiten blieben liegen. Der König Jimutaketu und sein Sohn

Jimutavahana aber waren beide nur darauf bedacht, ihren religiösen Pflichten nachzukommen, und vernachlässigten ihre Königspflichten. Da überlegten die königlichen Verwandten: „Während diese beiden, Vater und Sohn, nur auf ihre religiösen Pflichten achten, sagt man im Reich: ‚Keiner tut etwas für den anderen.' Wenn wir in dieser Situation mit ihnen kämpfen, können wir die Herrschaft ergreifen." Als sie dies erwogen hatten, rückten sie an und umzingelten die Stadt. Da fragte der Vater den Sohn: „Was sollen wir tun? Wir wollen in die Schlacht ziehen, diese alle töten und unsere Herrschaft befestigen." Der Sohn aber entgegnete:

„Nicht ewig sind die Körper, unbeständig ist der Reichtum — immer gegenwärtig aber ist der Tod, deshalb sammle man religiöse Verdienste.

Von hundert Kühen ein wenig Milch, von hundert Krügen ein mäßiger Topf, von einem Palast eine Lagerstatt: Alles, was darüber ist, ist das Gut anderer.

Für diesen mit Fehlern behafteten Körper werde ich keine so große Sünde begehen. Selbst Yudhishthira begann sich selbst zu kasteien, nachdem er seine Verwandten getötet hatte.[34] Deshalb wollen wir den Verwandten die Herrschaft überlassen, in den großen Wald ziehen und dort unser Heil in der Askese suchen." Nach diesem Entschluß übergaben Vater und Sohn die Herrschaft den Verwandten und gingen in das Malayagebirge. An einer geeigneten Stelle des Gebirges bauten sie sich eine Hütte und blieben da. Während sie dort wohnten, schloß Jimutavahana Freundschaft mit Madhura, dem Sohn eines Rishi. Mit diesem gemeinsam durchstreifte er das Malayagebirge. Auf solch einem Streifzug entdeckte er einmal inmitten des Waldes einen Tempel der Devi und darin ein junges Mädchen, das vor der Göttin die Laute spielte. Auch das Mädchen sah Jimutavahana, und beide verliebten sich ineinander. Das Mädchen schaffte nur mit großer Mühe den Heimweg, so sehr wurde es vom Trennungsschmerz gequält. Auch Jimutavahana kehrte in seine Einsiedelei zurück. Am nächsten Tage ging sie wieder dorthin, um der Gauri ihre Verehrung darzubringen. Jimutavahana fand sich mit seinem Freund ebenfalls dort ein. Er fragte eine Freundin des Mädchens: „Wem gehört dieses Mädchen?" Die Freundin antwortete: „Es gibt einen König Malayaketu. Dessen jungfräuliche Tochter Malayavati siehst du vor dir." Und sie fragte

Jimutavahana: „Du Verkörperung des Liebesgottes, wer bist du, und woher bist du gekommen?“ Darauf sagte Jimutavahana: „Es gibt einen König der Vidhyadharas mit Namen Jimutaketu. Dessen Sohn, Jimutavahana, bin ich. Wir beide, Vater und Sohn, haben unser Königsamt niedergelegt und sind hierhergezogen.“ Dies alles erzählte die Freundin der Malayavati. Als die beiden so voneinander hörten, wurden sie von heftigem Liebesschmerz gepeinigt. Malayavati erwies der Gauri ihre Verehrung und sagte dann: „Erhabene Göttin! Wenn ich Jimutavahana nicht zum Gatten bekomme, werde ich mir einen Strick um den Hals legen und das Leben nehmen.“ Als sie sich im Angesicht der Göttin den Strick um den Hals legte, sagte diese: „Tochter, ich bin zufrieden. Jimutavahana soll dein Gatte werden.“ Jimutavahana aber hatte unbemerkt alles mit angesehen und angehört. Von Trennungsschmerz gequält, lief er in seine Einsiedelei zurück, und auch sie kehrte voller Zweifel nach Hause zurück, vom Pfeil des Liebesgottes gepeinigt. Sie erzählte alles ihrer Freundin, und diese ging und berichtete es der Hauptgemahlin des Königs, die es ihrerseits dem König mitteilte und zu ihm sprach: „Herr, unsere Tochter steht in ihrer Jugendblüte und ist heiratsfähig geworden. Warum machst du dir keine Gedanken über einen Freier für sie?“ Als er dies hörte, überlegte der König: „Wem soll ich meine Tochter geben?“ Da berichtete ihm sein Sohn Mitravasu: „Herr, es gibt da einen Vidhyadharakönig Jimutaketu. Er hat einen Sohn namens Jimutavahana. Beide, Vater und Sohn, haben das Königsamt niedergelegt und sind, wie man hört, hierhergekommen.“ Darauf beschloß König Malayaketu: „Dem Jimutavahana will ich meine Tochter geben!“ Und zu seinem Sohn gewandt, fuhr er fort: „Mein Sohn, geh zur Einsiedelei des Jimutaketu und führe Jimutavahana hierher.“ Mitravasu folgte dieser Anweisung. Er besuchte Jimutaketu, erhielt dessen Einverständnis und brachte Jimutavahana mit zurück. Dieser heiratete Malayavati, sobald die Sterne einen günstigen Stand hatten. Nach der Hochzeit kehrte Jimutavahana mit seinem Schwager Mitravasu in die Einsiedelei des Vaters zurück, und Malayavati begrüßte voll Ehrfurcht die Schwiegereltern. Am frühen Morgen des nächsten Tages ging Jimutavahana mit seinem Schwager Mitravasu auf einen Streifzug durch das Malayagebirge. Als sie dort auf einen großen weißlichen Haufen stießen, fragte er seinen Schwager, was das wohl sein könne. Der antwortete: „Das sind Schlangenknochen. Aus der Unterwelt kommen die Schlangensöhne herauf. Diese frißt der Garuda.[35] Schon viele Millionen hat er verzehrt, und das sind ihre Knochen." Als er das vernommen hatte, sagte Jimutavahana: „Mitravasu, geh du schon nach Hause zum Essen. Ich will hier eine Götterverehrung veranstalten, und die Andacht wird mich eine lange Zeit in Anspruch nehmen." Der Schwager machte sich auf den Weg. Während Jimutavahana weiterging, vernahm er das klagende Weinen einer Frau: „Ach mein Sohn, mein Sohn!" Er folgte den Lauten nach und fragte, als er bei der Weinenden angelangt war: „Mutter, warum klagst du so?" Diese antwortete: „Heute wird mein Sohn Schankhacuda sterben. Der Garuda wird kommen und ihn fressen. Deshalb weine ich." Jimutavahana tröstete sie: „Mutter, weine nicht mehr! Heute werde ich mich selbst hingeben und deinen Sohn retten." Sie aber sprach: „Mein Sohn, tu das nicht! Du selbst bist mir noch mehr wert als Schankhacuda." In diesem Augenblick kam Schankhacuda und sagte:

> „Es entstehen und vergehen die niedrigen Geschöpfe von meiner Art. Wo aber werden deinesgleichen geboren, die ihr Leben für andere in die Waagschale werfen?

Sich selbst für einen anderen zu opfern ist nicht die Pflicht der guten Menschen." Aber Jimutavahana sprach:

> „Alle Geschöpfe retten das eigene Leben auf Kosten des Lebens anderer. Mit dem eigenen Leben rettet ein anderes Leben allein Jimutavahana.

Was ich mit eigenen Worten gesagt habe, das wird nicht anders. Geh du dahin, wo du hergekommen bist!" Da ging Schankhacuda, um eine Götterverehrung zu vollziehen. Währenddessen bestieg Jimutavahana den Opferstein. Mit geneigtem Gesicht und losgegürteter Waffe ließ er sich nieder, als er auch schon den in der Luft herannahenden Garuda erblickte:

> Den zur Vernichtung der Schlangen furchtbar gewaltigen Garuda, der mit den Füßen in der Unterwelt steht und mit seinen Flügeln alle Himmelsgegenden erreicht, der die sieben Himmel mit dem Bauche und das Universum mit der Kehle berührt, dessen Augen Sonne und Mond sind, den Herrn der Vogelwesen, dessen Schnabelspitze zehn

Meilen mißt, den Verschlingenden, den mit der furchtbaren Gestalt. Von einem Garuda solcher Art wurde er jetzt mit der Schnabelspitze getroffen.

Erneut traf er ihn mit einem zweiten Hieb, ergriff ihn dann mit der Schnabelspitze und erhob sich in die Lüfte. Während er dort seine Kreise zog und dabei fraß, fiel ein blutbeflecktes Schmuckstück Jimutavahanas herunter und in den Schoß Malayavatis. Das sehend, fiel Malayavati in Ohnmacht, erlangte aber schnell das Bewußtsein zurück und zeigte den Schmuck ihren Schwiegereltern. Als sie ihn betrachtet hatten, machten sie sich jammernd auf den Weg dorthin, und auch Malayavati ging mit. Zur gleichen Zeit langte auch Schankhacuda am Opferstein an. Er rief: „Laß los, laß los, Garuda! Nicht dieser ist deine Speise! Ich, der Schlangensohn Schankhacuda bin deine Speise!" Der Garuda, der dies vernahm, fragte sich: „Ist es etwa ein Brahmane oder ein Kshatriya, den ich hier fresse? Was habe ich da bloß gemacht?" Und er redete den Jimutavahana an: „He, du Menschensohn! Wer bist du? Warum hast du den Opferstein bestiegen?" Jimutavahana erwiderte: „Tu deine Sache! Wozu dieses Bedenken?" Doch Garuda sagte: „O edles Wesen, warum opferst du dich für einen anderen?" Da sprach Jimutavahana:

„Die heiligen Feigenbäume, die edlen, sie spenden anderen Schatten und stehen selbst in der Sonnenglut, und für andere tragen sie Früchte.

Die Früchte trinken nicht selbst ihr Wasser, die Bäume essen nicht selbst ihre süßen Früchte, nicht für den eigenen Zweck regnen die Wolken — der Dienst für andere bedeutet den Guten Glück!"

Auch immer wieder gerieben, behält Sandel seinen Wohlgeruch, auch immer wieder geschnitten, bleibt Zuckerrohr süß, auch immer wieder erhitzt, behält Gold seine schöne Farbe — auch im Tode wird das Wesen edler Menschen nicht verändert.

Darauf verlor Jimutavahana, der von den Schnabelhieben des Garuda verwundet war, das Bewußtsein. In diesem Augenblick langte Malayavati mit ihrer Begleitung trauererfüllten Herzens dort an. Als sie ihren bewußtlosen Gatten erblickte, rief sie: „Ach, du Schützer meines Lebens, ach, mein Herr, ach, du Helfer der anderen, auch du edelstes Wesen und Liebling der Menschen! Erweise mir deine Gnade, gib mir

Antwort!“ Auf ihr Klagen hin holte der Garuda aus der Unterwelt den Unsterblichkeitstrank und besprengte damit Jimutavahana, worauf dieser seine Glieder unverletzt zurückerhielt. An ihn wandte sich nun der Garuda: „Edles Wesen, ich bin mit deinem Mut zufrieden. Sprich einen Wunsch aus.“ Jimutavahana erwiderte: „O Herr, wenn du zufrieden bist, dann verspeise in Zukunft keine Schlangen mehr. Und diejenigen, die du schon gefressen hast, sollen wieder lebendig werden.“ Der Garuda stimmte zu, holte aus der Unterwelt noch einmal Unsterblichkeitstrank herauf und erweckte alle Schlangen wieder zum Leben. Zu Jimutavahana sagte er: „Durch meine Gunst wirst du über die ganze Erde herrschen!“ Dann begab er sich an seinen Wohnsitz zurück. Schankhacuda ging ebenfalls nach Hause, und Jimutavahana kehrte mit seinen Eltern und seiner Gattin in die Einsiedelei zurück. Aus Furcht vor dem Garuda warfen sich die Verwandten Jimutavahana zu Füßen und übergaben ihm wieder die Herrschaft.

Als er diese Geschichte erzählt hatte, sagte der Vetala: „Nun sprich, König! Wer von den beiden war der Edelste? Jimutavahana oder Schankhacuda?“ König Vikramasena antwortete: „Schankhacuda war der Edelste.“ — „Aus welchem Grund?“ fragte der Vetala, und der König erklärte: „Weil er, nachdem er gegangen war, wieder zurückgekehrt ist. Er hielt den Garuda beim Fressen auf, indem er rief: ‚Friß mich!‘ Damit verhinderte er sogleich, daß ein anderer an seiner Stelle starb.“ — „Warum ist aber nicht der das edelste Wesen, der sein Leben für einen anderen opfert?“ wollte der Vetala wissen. Der König antwortete: „Schon seit vielen Wiedergeburten ist es die Gewohnheit Jimutavahanas, sein Leben für andere zu opfern. Für ihn bedeutet das keine Qual. Deshalb ist Schankhacuda der Edelste.“
Als er dies vernahm, verschwand der Vetala und hing wieder in den Zweigen des Schimschipa-Baumes.
Dieses war die fünfzehnte der fünfundzwanzig Erzählungen des Vetala, wie sie von Schivadasa verfaßt wurde.

Der König ging nun noch einmal zu dem Schimschipa-Baum, holte den Toten herab, lud ihn auf die Schulter und machte sich erneut auf den Weg. Da begann der Vetala von neuem und sprach: „Hör zu, König, was ich dir jetzt erzähle!"

In der Stadt Vijayapura lebte einmal ein König namens Dharmaschila und auch ein Großkaufmann, Ratnadatta mit Namen, der eine Tochter hatte, die Unmadini hieß. Wer sie nur ansah, war von ihrer Schönheit ganz betört. Als sie in voller Jugendblüte stand und heiratsfähig geworden war, ließ der Großkaufmann den König wissen: „Herr, in meinem Hause lebt ein Juwel von einem Mädchen. Wenn der Herr danach begehrt, soll er es nehmen. Wenn nicht, werde ich es einem anderen geben." Der König schickte daraufhin einige bedeutende Kenner der Glücksmerkmale zu ihm, um das Mädchen begutachten zu lassen. Sie kamen dorthin, erblickten das Mädchen und waren von dessen Schönheit wie geblendet. Denn:

> Sie hatte große Augen und ein Antlitz, strahlend wie der Mond, Ohren wie die Kette des Liebesgottes und Wangen wie Blüten vom Campaka-Baum.
>
> Dem Schweif des Pfauen glich die gebändigte Flut ihres Haares. Wie Perlmutt leuchtete ihr Nacken. Köstlich schlank war ihre Mitte, zu umfassen mit nur einer Hand. Und wer beschreibt die Schönheit ihres Bauches mit dem tiefliegenden Nabel?

Als die Kenner der Glücksmerkmale diese außerordentliche Schönheit betrachtet hatten, schauten sie einander an und kamen zu dem Schluß: „Wenn der König diese heiratet, dann wird er sein ganzes Herz an sie hängen und keinen Gedanken mehr an sein Reich verwenden. Und so gingen sie zum König und berichteten ihm: „Dieses Mädchen hat nicht die richtigen Merkmale und ist für den Herrn nicht geeignet." Der König gab dem Großkaufmann Bescheid: „Ich werde deine Tochter nicht heiraten." Und der Großkaufmann bot daraufhin seine Tochter dem Heerführer Baladhara an. Dieser kam und heiratete sie. Unmadini aber wohnte im Hause des Heerführers und dachte voller Zorn: „Der König hat gesagt, ich ermangelte der richtigen Merkmale, und deshalb bin ich verschmäht worden." Eines Tages aber erblickte sie der König zufällig, wie sie auf dem Dach ihres Hauses stand. Aufgeregt fragte er sich:

„Ist das eine Göttin oder eine irdische Frau?" Und während er so überlegte, wurde er von Liebe erfaßt. Nur mit großer Mühe gelang es ihm, in seinen Palast zu gehen. In der Nacht begann sein Körper stark zu schmerzen. Der Türhüter fragte ihn: „Herr, welches Übel plagt deinen Körper?" Der König erwiderte: „O Türhüter, ich sah heute zufällig auf dem Dach eines Hauses eine wunderschöne Frau — eine Göttin, eine Menschenfrau, eine Vidhyadhari oder eine Apsaras. Ihr Anblick hat mir die Sinne verwirrt." Darauf erklärte ihm der Türhüter: „Herr, das ist keine Göttin, sondern ein Mensch. Es ist die Tochter des Großkaufmanns Ratnadatta, Unmadini mit Namen, die der Herr nicht geheiratet hat, weil er glaubte, daß sie nicht die richtigen Merkmale habe. Nun hat sie der Heerführer Baladhara geheiratet." — „Also bin ich von den großen Herren, den Kennern der Glücksmerkmale, betrogen worden", stellte der König fest. Dann rief er diese herbei und sagte zu ihnen: „Verehrte Herrschaften, ihr habt mich betrogen! Ihr habt mir das Mädchen als der richtigen Merkmale bar geschildert, dabei ist sie eine vom Himmel herabgestiegene Göttin, makellos an allen Gliedern. Unter irdischen Frauen gibt es solche Schönheit nicht." Darauf antworteten die Kenner der Glücksmerkmale: „Was der Herr sagt, entspricht der Wahrheit. Wir haben aber seinerzeit aus gutem Grund dem Herrn das Mädchen so dargestellt, als ermangle es der richtigen Merkmale."

Als nun der Heerführer Baladhara erfuhr, daß der König seiner Frau in Liebe verfallen war, ging er hin und sagte zu ihm: „Herr, ich bin dein Sklave, und sie ist meine Sklavin. Ihretwegen befindest du dich in den Fesseln der Liebe. Herr, es bedarf nur eines Befehls, und sie wird dir zugeführt!" — „Umgang mit der Frau eines anderen! Wie kann das recht sein für einen, der auf gute Sitten hält?" rief der König erzürnt. „Denn es heißt doch:

> Wer auf die Frau eines anderen blickt wie auf seine Mutter, auf das Hab und Gut anderer wie auf einen Erdklumpen und auf alle Wesen wie auf sich selbst, der, fürwahr, sieht richtig."

Der Heerführer wandte ein: „Ich habe sie dem Herrn als Sklavin gegeben. Wieso ist sie dann die Frau eines anderen?" — „Was der gewohnten Sitte zuwiderläuft, soll man nicht tun", beharrte aber der König. Nun schlug der Heerführer vor:

„Herr, ich will sie in einen Tempel stecken und zur Hetäre machen. Danach lasse ich sie dir zuführen.“ Aber der König sprach: „Wenn du die tugendreine Gattin zur Hetäre machst, werde ich dich bestrafen.“
Nach diesen Worten versank der König, während er an Unmadini dachte, in den zehnten Zustand der Liebe. Denn es heißt ja:

> Nachdenklichkeit, Augenliebe, Entstehen des Verlangens, Schlaflosigkeit, Abmagerung, Gleichgültigkeit gegenüber den Sinnesobjekten, Dahinschwinden der Scham, Geistesverwirrung, Betäubung und schließlich der Tod — das sind die zehn Zustände der Liebe.

Und ferner:

> Im ersten Zustand stellt sich der Gedanke ein,
> im zweiten wünscht man zu sehen,
> im dritten folgen tiefe Seufzer,
> im vierten wird man von Fieber befallen,
> im fünften brennen die Glieder,
> im sechsten schmeckt einem das Essen nicht mehr,
> im siebenten stellt sich Zittern ein,
> im achten wird man verrückt,
> im neunten schwinden die Lebensgeister
> und im zehnten haucht man sein Leben aus.

Hierauf starb der König. Als der Heerführer sah, daß der König tot war, ging er zu seinem geistlichen Lehrer und fragte ihn: „Verehrungswürdiger, was hat man zu tun, wenn so etwas geschehen ist?“ Der Lehrer antwortete: „Man soll der Sonne Verehrung erweisen und danach den Scheiterhaufen besteigen.“ Da bestieg der Heerführer den Scheiterhaufen des Königs. Auch Unmadini fragte den geistlichen Lehrer, was sie jetzt wohl tun müsse, um dem rechten Verhalten der Frauen zu genügen. Der Lehrer sagte:

> „Die wahre Gattin, die dem Gatten auf den Scheiterhaufen folgt, erlangt mit jedem Schritt den Lohn eines Pferdeopfers. Es entspricht dem heiligen Brauch, daß sich die fromme Gattin in das Feuer stürzt, in dem ihr toter Gatte verbrennt. Es gibt fürwahr keine andere Richtlinie.“

Als sie dies vernommen hatte, erledigte sie die Waschung, die Gabenverteilung und so weiter, umwandelte den Scheiterhaufen von links nach rechts, trat dann an den Gatten heran und sprach: „O Herr, ich bin deine Sklavin von Wiedergeburt zu Wiedergeburt." Damit stürzte sie sich ins Feuer und starb.

Als er diese Geschichte erzählt hatte, sagte der Vetala: „Nun, König sprich! Wer von diesen dreien war der Edelste?" — „Der König war der Edelste", erwiderte König Vikramasena. „Aus welchem Grunde?" wollte der Vetala wissen, und der König antwortete: „Weil er die Gattin des Heerführers nicht nahm, obwohl sie ihm angeboten wurde, wissend, daß dies gesetzwidrig sei. Für ihren Herrn opfern Diener selbst ihr Leben — der Heerführer hatte also die Pflicht, für seinen Herrn zu sterben. Die Frau starb zusammen mit ihrem Gatten — das entsprach ihrer Pflicht als Frau. Deshalb war der König der Edelste."
Als er das vernommen hatte, verschwand der Vetala und hing wieder in den Zweigen des Schimschipa-Baumes.
Dieses war die sechzehnte der fünfundzwanzig Erzählungen des Vetala, wie sie von Schivadasa verfaßt wurde.

Der König ging nun noch einmal zu dem Schimschipa-Baum, holte den Toten herab, lud ihn auf die Schulter und machte sich erneut auf den Weg. Da begann der Vetala von neuem und sprach: „Hör zu, König, was ich dir jetzt erzähle!"

In der Stadt Ujjayini regierte einmal ein König namens Mahasena. Dort lebten auch der Brahmane Devascharma und dessen Sohn Gunakara, der zum Spieler geworden war. Was auch immer er zu Hause an Geld erlangen konnte, das verspielte er. Da taten sich die Familienmitglieder zusammen und warfen ihn aus dem Hause. Gunakara zog in die Fremde. Einmal betrat er einen leeren Tempel und erblickte dort einen Yogi, den er ehrfurchtsvoll grüßte. Der Yogi fragte ihn: „Wer bist du?", und er antwortete: „Ich bin ein zugereister Brahmane." — „Hast du schon gegessen?" fragte der Yogi, und er erwiderte: „Ich habe Hunger." Da forderte der Yogi ihn auf: „Nimm Reisbrei aus diesem Schädel und iß!" Doch Gunakara lehnte ab: „Aus einem Schädel esse ich nicht." Ganz versunken rezitierte da der Yogi einen Zauberspruch, und es erschien eine Yakshini, die zu ihm sprach: „O Verehrungswürdiger, ich warte auf deinen Befehl." Der Yogi antwortete: „Gib diesem Brahmanen ein Essen nach seinem Wunsch!" Daraufhin ließ die Yakshini eine wunderbare Halle entstehen, führte den Brahmanen hinein, bereitete ihm ein Essen, gab ihm Betel, versah ihn mit Kleidung und Schmuck, salbte ihn mit duftendem Kampfer, Moschus und Sandel und vergnügte sich mit ihm nach Herzenslust. Als es Morgen wurde, war die Yakshini gegangen, und der Brahmane fand sich allein. Da begab er sich zu dem Yogi, und dieser fragte ihn, warum er so aufgeregt sei. Der Brahmane antwortete: „Ohne die Yakshini werde ich sterben!", und der Yogi erklärte ihm: „Dieses göttliche Wesen erscheint durch die Macht einer Geheimlehre." — „Teile sie mir mit, Herr, ich will lernen, sie zu meistern!" verlangte der Brahmane. Da sagte ihm der Yogi einen Zauberspruch und gab folgende Anweisung: „Nimm diesen Zauberspruch, Brahmane, stelle dich mitten ins Wasser, konzentriere dich und eigne ihn dir an." Dieser begab sich also ins Wasser und lernte den Zauberspruch, aber die Yakshini erschien nicht. Er sah alles voller Trugbilder. Da verließ er das Wasser und sagte dem Yogi, daß er nichts erreicht habe. Dieser empfahl ihm, ins Feuer zu gehen und es dort zu versuchen. Der Brahmane aber antwortete: „Ich will erst eine Weile meine Familie besuchen und danach ins Feuer gehen." So sprach er und ging zu seiner Familie, und man feierte das Wiedersehen. Alle fielen ihm um den Hals und fingen an zu weinen. Der Vater fragte: „Gunakara, mein Junge! Wo bist du so lange gewesen? Wie konntest du dein Zuhause vergessen?

> Keine Tugend geht über den Stand des Hausvaters, kein Glück geht über die Gattin des Hausvaters, keine Pilgerstätte geht über Vater und Mutter und kein Gott über Vishnu."

Gunakara entgegnete:

> „Wer hat eine Mutter, wer einen Vater, wer hat eine Gattin, wer einen Sohn? Von Wiedergeburt zu Wiedergeburt fürwahr werden immer andere Wesen entstehen.
>
> Gestorben bin ich und wieder geboren. Geboren bin ich und wieder gestorben. Viele tausend Geburtsstätten sah ich.
>
> Im Feuer wohnt der Gott der Opfernden, im Himmel der Gott der Weisen, in den Götterbildern der Gott der geistig Schwachen — im Herzen der Yogis wohnt Vishnu.[36]

Was ist da noch viel zu sagen? Väterchen, ich habe die Yogalehre studiert. Ich werde nicht das Leben eines Hausvaters führen — ich bin ein Yogi geworden!" Danach verließ er das Haus und begab sich zurück an den Ort, wo sich der Yogi aufhielt. Dort angelangt, trat er in das lodernde Feuer und konzentrierte sich ganz auf den Zauber. Doch die Yakshini erschien nicht. Auch dem Yogi selber gelang es nicht, sie herbeizurufen.

Als er diese Geschichte erzählt hatte, sagte der Vetala: „Nun, König, sprich! Aus welchem Grunde ist die Yakshini nicht gekommen?" König Vikramasena antwortete: „Das göttliche Wesen kam nicht, weil es erkannt hatte, daß der Zauberer wankelmütig war. Heißt es doch:

> Einer, der festen Sinnes ist, erlangt Erfolg. Ein Wankelmütiger dagegen geht zugrunde: Sieht doch auch der Pfeilmacher nicht nach dem vorbeimarschierenden Heere aus. Woher käme Ruhm für einen, der nicht freigebig ist? Woher käme Verehrung für einen, der keinen festen Charakter hat? Woher käme Glück für einen, der die gängigen Regeln nicht beherrscht? Woher käme Vollkommenheit für einen, der die geistige Versenkung nicht kennt?"

Der Vetala fragte: „Warum nennst du den Zauberer wankelmütig, wo er doch auf ein Wort hin ins Feuer ging?" Der König antwortete: „Als es Zeit war, den Zauber auszuführen, besuchte er seine Familie." Der Vetala fragte weiter: „Warum ist sie dann aber nicht auf das Wort des Yogi gekommen?" — „Warum hat der Yogi einem so wankelmütigen Schüler überhaupt das Geheimwissen mitgeteilt? Darüber nämlich war die Yakshini erzürnt und kam nicht."

Als er das vernommen hatte, verschwand der Vetala.

Dieses war die siebzehnte der fünfundzwanzig Erzählungen des Vetala, wie sie von Schivadasa verfaßt wurde.

Der König ging nun noch einmal zu dem Schimschipa-Baum, holte den Toten herab, lud ihn auf die Schulter und machte sich erneut auf den Weg. Da begann der Vetala von neuem und sprach: „Hör zu, König, was ich dir jetzt erzähle!"

Es war einmal ein König namens Sundara, der regierte in der Stadt Kankola. Dort lebte auch der Großkaufmann Dhanakshaya mit seiner Tochter Dhanavati. Diese heiratete den Kaufmann Gauridatta in Alakapuri. Nachdem eine Zeit vergangen war, wurde diesen beiden eine Tochter geboren, die den Namen Mohini erhielt. Kurze Zeit später starb Gauridatta. Mit der Begründung, es sei kein männlicher Erbe da,[37] rissen dessen Verwandte alles an sich, und der König ließ es geschehen. Da nahm Dhanavati ihre Tochter Mohini und ging des Nachts auf und davon. Doch in der Dunkelheit verfehlte sie den Weg und gelangte auf einen Leichenplatz. Dort traf sie auf einen Räuber, der gepfählt worden war und unter Qualen vor sich hin sprach:

> „Keiner fürwahr kann sein Glück oder Unglück selbst bewirken, auch ist es falsch zu glauben, ein anderer bewirke es. — Was man sich im früheren Leben eingebrockt hat, das löffelt man jetzt aus. He, Körper, büße ab, was du verschuldet! In welchem Land und an welchem Ort, an welchem Tag und in welchem Augenblick man die Fessel des Todes erlangt, das ist so festgelegt und kann nicht anders sein."

Dhanavati rief ihn an: „He, wer bist du?" — „Ich bin ein Räuber und bin gepfählt worden. Drei Tage sind schon ins Land gegangen, aber sterben kann ich nicht", antwortete er, und Dhanavati fragte: „Warum denn nicht?" Der Räuber entgegnete: „Ich bin unverheiratet. Wer auch immer mir seine Tochter gibt und meine Verheiratung durchführt, dem werde ich hunderttausend Goldstücke geben." Da sagte Dhanavati: „Nun, Räuber, ich gebe dir meine Tochter. Wie aber wirst du zu einem Sohn kommen?" Der Räuber erwiderte: „Sobald diese meine Gattin mannbar geworden ist, sollst du einen Mann dazu gewinnen, mit ihr gegen Belohnung einen Sohn zu zeugen. Man möge ihr am besten einen schönen jungen Brahmanen zuführen und ihm die Belohnung geben. Dieser wird einen Sohn zeugen." Darauf heiratete der Räuber das Mädchen nach dem Ritus der Gandharvenehe und sprach: „Nach Osten zu steht ein Feigenbaum. An dessen Wurzeln sind hunderttausend Goldstücke vergraben. Die sollst du, Hochverehrte, nehmen." Mit diesen Worten starb er. Sie jedoch holte sich das Geld und kehrte nach Kankola zurück. Dort ließ sie sich einen wunderschönen Palast bauen. Mohini aber wuchs indessen

heran und erblühte zu voller Jugendschönheit. Eines Tages in der günstigen Zeit stand sie auf dem Dach ihres Hauses und sah auf die Hauptstraße hinunter. Dort erblickte sie einen jungen Brahmanen und wurde von Liebe zu ihm erfaßt. Sie bat ihre Freundin: „Greif dir diesen Mann, Freundin, und bringe ihn zu meiner Mutter!" Diese ging und führte den Brahmanen zu deren Mutter. Die Mutter sagte zu ihm: „Brahmane, meine Tochter befindet sich in der günstigen Zeit. Wenn du mit ihr einen Sohn zeugst, werde ich dir dafür hundert Goldstücke geben." — „Das will ich tun", antwortete der Brahmane. In der nun folgenden Nacht setzte man ihm nach Herzenslust zu essen vor, gab ihm Betel, Salben und andere Dinge und führte ihn in das Schlafgemach des Mädchens, mit dem er nun die Liebe genoß.
Am Morgen fragten die Freundinnen das Mädchen: „Hast du dich in der Nacht ein wenig mit dem Geliebten vergnügt?" Sie erwiderte:

> „Als der Geliebte auf das Lager kam, löste sich der Schurz von selbst von seinem Bande, das lose Gewand, nur von einem schlaffen Gürtel gehalten, verweilte noch etwas auf der Hüfte.

Nur soviel, Freundin, weiß ich noch. Denn infolge der Wonne, die ich beim Berühren seines Körpers empfand, kann ich mich nicht im geringsten mehr daran erinnern, wer er ist, wer ich bin und wie wir uns geliebt haben."

> Eines tapferen, dankbaren, in höflicher Rede geübten, von Verstellung freien, mit der Tugend der Freigebigkeit begabten, die Geheimnisse der Frauen streng bewahrenden und in Liebesdingen gewandten Mannes gedenken die liebestollen Frauen selbst in einer anderen Existenz noch.

Von diesem Tage an war Mohini schwanger. Und als ihre Zeit gekommen war, gebar sie einen Sohn. Am sechsten Tage erschien ihr des Nachts ein Traumbild:

> Eine Flechte und einen hochgebundenen Haarknoten tragend und mit einem Mond als Stirnzeichen, die Glieder mit Asche vom Scheiterhaufen beschmiert und gegürtet mit der weißen heiligen Schnur; auf dem weißen Lotussitz thronend, den Gurt des weißen Schlangenfürsten tragend, mit Schwert, Keule und Schädeln, in der rechten Hand den Dreizack.[38]

So sah der Asket aus, den sie erblickte.

Am Morgen erzählte sie ihrer Mutter, was für ein Traumbild ihr erschienen war. Die antwortete: „Tochter, dein Sohn wird ein Herrscher werden. Ich rate dir: Lege ihn in einen Korb, zusammen mit tausend Goldstücken, und setze ihn am Königstor aus."

Die Tochter befolgte den Rat und setzte den Knaben mit tausend Goldstücken am Königstor aus. Da hatte der König ein Traumgesicht:

> Mit zehn Armen, fünf Gesichtern, mit rötlichbraunen Augen und in der Hand den Speer, zähnefletschend, überaus gräßlich, dreiäugig und das Monddiadem tragend,

so sah der Asket aus, der zu ihm sprach: „O König, an deinem Tor steht ein Korb mit einem Knaben darin. Dieser wird dein Thronerbe werden." Nach diesem Traum erwachte der König und erzählte ihn der Königin. Die gab ihm den Rat: „Herr, schicke die Dienerin auf die Hauptstraße hinaus." Die Dienerin wurde nun vom König herbeigerufen und losgeschickt, und als sie an das Tor kam, erblickte sie den Knaben in dem Korb und brachte den Korb zum König. Der König öffnete ihn und fand darin den Knaben und die tausend Goldstücke. Als es Morgen geworden war, ließ er die Zeichenprüfer herbeirufen und zeigte ihnen den Knaben. Diese sagten: „Herr, das ist ein Prinz, der die zweiunddreißig Zeichen besitzt." — „Was sind das für Zeichen?" fragte der König, und sie antworteten: „Herr, es heißt:

> Drei sind breit, und drei sind tief, sechs sind gewölbt, und vier sind kurz. Sieben rote hat ein König, auch fünf lange und fünf feine.
>
> Nabel, Stimme und Charakter, diese drei gelten bei Männern als günstig, wenn sie tief sind. Ferner Brust, Lenden, Nägel, Nase, Mund und Nacken — diese sechs sind gewölbt. Und vier kurze — Glied, Rücken, Hals und Schenkel — verheißen Gutes.
>
> Augenwinkel, Füße, Hände, Knöchel, Lippen, Zunge und Nägel sind rot — das sind fürwahr sieben Glücksbringer.
>
> Fein sind fünf: Zähne, Fingergelenke, Haare, Haut und Fingernägel — solche findet man nicht bei Unglücklichen.

Kinnbacken, Augen, Arme, Nase und als fünftes der Zwischenraum zwischen den Brustwarzen sind lang — solche fünf gibt es nur bei Männern, die zum Herrschen geboren sind."

Als das der König vernahm, löste er eine Perlenschnur von seinem Hals und legte sie dem Knaben um. Dann übergab er ihn der Königin. Die nahm ihn auf den Schoß und setzte sich zur Linken des Königs nieder. Alle Leute kamen nun herbei und überbrachten Glückwünsche. Der König nahm sie entgegen. Ein großes Fest wurde gefeiert und die Namensgebung des Knaben vollzogen. Er erhielt den Namen Haridatta. Dieser Prinz nun studierte alle Lehrbücher und erwarb Geschicklichkeit in allen Künsten. So wurde er sechzehn Jahre alt.

Als dieser Lebensabschnitt beendet war, starb der König, und Haridatta bestieg den Thron.

Eines Tages kamen ihm folgende Gedanken: „Was bin ich für ein Sohn, daß ich nicht nach Gaya pilgere und den Manen die Pindagabe[39] darbringe?" Kurz entschlossen begab er sich darauf nach Gaya und begann dort ein Manenopfer zu vollziehen. Als er auf die Anweisung der Brahmanen hin den Namen seines Vaters ausrief und das Pindaopfer darbot, streckten sich drei Hände aus dem Wasser heraus. Erstaunt fragte Haridatta: „In wessen Hand soll ich das Pindaopfer legen?"

Als er diese Geschichte erzählt hatte, sagte der Vetala: „Nun, König, sprich! Wessen Hand hat Anspruch auf das Pindaopfer?" König Vikramasena antwortete: „Die Hand des Räubers hat Anspruch auf das Pindaopfer." — „Durch die Manneskraft des Brahmanen wurde er gezeugt, vom König wurde er sorgsam aufgezogen — warum haben diese beiden keinen Anspruch auf das Pindaopfer?" wandte der Vetala ein, und König Vikramasena erwiderte: „Die Manneskraft des Brahmanen erlangte man für Geld, und auch vom König wurde er aufgezogen, nachdem dieser Gold dafür erhalten hatte. Aus diesem Grunde haben beide keinen Anspruch auf das Pindaopfer. Haridatta aber ist der Sohn der angetrauten Gattin des Räubers. Deshalb hat der Räuber Anspruch auf das Pindaopfer."

Als er dies vernommen hatte, verschwand der Vetala und hing wieder in den Zweigen des Schimschipa-Baumes.

Dieses war die achtzehnte der fünfundzwanzig Erzählungen des Vetala, wie sie von Schivadasa verfaßt wurde.

Der König ging nun noch einmal zu dem Schimschipa-Baum, holte den Toten herab, lud ihn auf die Schulter und machte sich erneut auf den Weg. Da begann der Vetala von neuem und sprach: „Hör zu, König, was ich dir jetzt erzähle!"

In der Stadt Citrakuta lebte einmal ein König namens Rupasena. Der ging eines Tages auf die Jagd und entfernte sich dabei so weit, daß er sein Jagdgefolge nicht mehr sah und ganz allein war. Um die Mittagszeit, als der König ermüdet war, erblickte er einen See. Er stieg dort ab und ließ sein Pferd im Schatten eines Baumes ausruhen. Als er auch selbst eine Weile geruht hatte, schaute er umher und sah ein wunderschönes Rishi-Mädchen, das einen Blumenstrauß pflückte. Ihr Anblick ließ in ihm ein heftiges Liebesverlangen entstehen. Sobald das Mädchen den Blumenstrauß gepflückt hatte und sich zum Gehen wandte, rief der König: „Was habt ihr für ein Benehmen! Ich bin als Gast in eure Einsiedelei gekommen — du darfst erst dann gehen, wenn du mir, dem Gast, deine Verehrung erwiesen hast! Heißt es doch:

> Sogar wenn ein Niedriggeborener in das Haus eines Angehörigen des höchsten Standes kommt, muß er geehrt werden, wie es sich gehört — ist doch der Gast für jedermann eine verehrungswürdige Person."

Beide betrachteten sich aus den Augenwinkeln.
In diesem Moment kam der Vater des Mädchens, ein großer Weiser, herbei. Er hatte alles beobachtet. Als der König ihm seine Verehrung erwies, erteilte er ihm seinen Segen und fragte ihn: „Wie bist du allein hierhergekommen?" — „Das Jagdvergnügen hat mich hierhergeführt", antwortete der König. „O König, weshalb begehst du eine so große Sünde?" fragte der Rishi. „Denn:

> Einer begeht die bösen Taten, viele genießen deren Frucht; die Genießenden gehen frei aus, der Täter aber ist mit Schuld befleckt."

Der König erwiderte: „O Herr, erweise mir die Gunst und lehre mich Recht und Unrecht zu unterscheiden." Da sprach der große Weise:

„Die Rehe leben im Walde, fressen trockenes Gras und trinken Wasser, das niemandem gehört. Und trotzdem werden sie von den Menschen getötet: Wer vermag wohl die Welt zu befrieden?

Von allen Gaben ist diese die höchste: Ein Leben ohne Angst für alle Wesen. Keine Gabe geht darüber.

Keine Askese erreicht den Wert der Geduld, kein größeres Glück gibt es als die Zufriedenheit. Keine Gabe ist der Gabe des Wissens gleich, und keine Tugend geht über das Mitleid.

Nicht, wie man hier sagt, das Schenken von Kühen, von Land oder von Speise ist das Höchste — die höchste unter allen Gaben ist die Gewährung eines Lebens ohne Angst.

Wer rechtschaffen ist, Stolz und Zorn überwunden hat, im Wissen bewandert ist, anderen kein Leid zufügt, mit seiner Frau zufrieden ist und die Frauen anderer meidet — für den gibt es in der Welt keine Gefahr."

Als er diese Worte vernommen hatte, sagte der König: „Verehrungswürdiger, von heute an werde ich dieses sündhafte Vergnügen aufgeben!" Damit war der Weise zufrieden, und er forderte den König auf: „Sprich einen Wunsch aus! Was immer du auch verlangst, das will ich dir geben." — „Wenn du zufrieden bist, o Herr, dann gib mir deine Tochter", erwiderte der König.

Der Weise gab ihm die Tochter, und der König heiratete sie nach dem Ritus der Gandharvenehe. Darauf ließ er die Gattin das Pferd besteigen und machte sich mit ihr auf den Weg in seine Stadt. Als sie die Hälfte des Weges zurückgelegt hatten, ging die Sonne unter. An einer Stelle mitten im Walde band der König das Pferd an einer Baumwurzel fest und legte sich mit seiner Frau zum Schlafen nieder. Da kam mitten in der Nacht ein Rakshasa und sprach: „He König! Ich will deine Frau fressen!" — „Tu das nicht", erwiderte der König, „wenn du aber einen anderen fressen willst, dann will ich dir diesen besorgen." — „Gut, König, wenn du einem siebenjährigen Brahmanenknaben vor meinen Augen den Kopf abschlägst, dann will ich diese Frau freigeben", ging der Rakshasa darauf ein. „Das will ich tun", sagte der König, „aber du mußt in sieben Tagen in meine Stadt kommen." Zufrieden mit dem Vorschlag begab sich der Rakshasa zurück in seine Wohnung.

Am Morgen erreichte der König seine Stadt, und man feierte ein großes Fest. Der König erzählte alles, was geschehen war, seinem Ratgeber und fragte ihn, was man da wohl tun könne, denn in sieben Tagen käme der Rakshasa her. „Hab keine Angst, König", sagte der Ratgeber, „ich nehme die Sache in die Hand!" Er ließ aus Gold im Wert von Hunderttausenden einen Mann herstellen. Dieser wurde in einen Karren gesetzt und an eine Wegkreuzung gefahren. Dabei rief man aus: „Derjenige Brahmane, der seinen siebenjährigen Sohn dazu hergibt, daß ihm der König den Kopf abschlägt, erhält diesen goldenen Mann im Wert von Hunderttausenden."
In der Stadt lebte damals ein schwächlicher Brahmane, der drei Söhne hatte. Dieser sagte zu seiner Frau: „Meine Liebe, wenn man einen Sohn hingibt, bekommt man den goldenen Mann." Die Brahmanin rief: „Den kleinen Jungen gebe ich nicht her!" — „Und ich gebe den ältesten nicht her!" antwortete der Brahmane. Da sagte der mittlere Sohn: „Väterchen, gebt mich hin!" — „Das soll gemacht werden", sagte der Vater. Heißt es doch:

> Böse Taten haben ihre Wurzel in der Habgier, Krankheiten haben ihre Wurzel im Genuß, das Leid hat seine Wurzel in der Liebe — wer diese drei aufgibt, lebt glücklich.

Dann führte der geldgierige Vater den mittleren Sohn hin und übergab ihn. Er bekam den goldenen Mann und kehrte nach Hause zurück. Bald darauf erschien der Rakshasa. Der König erwies ihm mit Speisen, Parfüm, Blumen, Räucherwerk, Lampen, Früchten, Betel, Kleidern und anderem mehr seine Verehrung. Darauf wurde der Brahmanenknabe hereingebracht. Als nun der König sein Schwert zog und daranging, ihm den Kopf abzuschlagen, da lachte der Brahmanenknabe.

Als er diese Geschichte erzählt hatte, sagte der Vetala: „Nun, König, sprich! Aus welchem Grund hat er in seiner Todesstunde gelacht?" König Vikramasena antwortete: „Ich weiß, warum er gelacht hat. Es kamen ihm nämlich folgende Gedanken:

> ‚Sieh doch nur den Lauf der Welt! In der Kindheit beschützt uns die Mutter, später zieht uns der Vater auf. Diejenigen aber, die mich beschützen sollten, sind meine Mörder geworden.

Vater und Mutter selber haben mich hingegeben, der König hält schon das Schwert in der Hand, und die Gottheiten wünschen eine Opfergabe — bei wem fände man wohl Mitleid?'

Bei diesen Gedanken lachte er."

Als er dies vernommen hatte, verschwand der Vetala und hing wieder in den Zweigen des Schimschipa-Baumes.

Dieses war die neunzehnte der fünfundzwanzig Erzählungen des Vetala, wie sie von Schivadasa verfaßt wurde.

Der König ging nun noch einmal zu dem Schimschipa-Baum, holte den Toten herab, lud ihn auf die Schulter und machte sich erneut auf den Weg. Da begann der Vetala von neuem und sprach: „Hör zu, König, was ich dir jetzt erzähle!"

In der Stadt Vischala lebte einmal ein König namens Vipulaschekhara und ebenso ein Kaufmann mit Namen Arthadatta. Dieser hatte eine Tochter, Anangamanjari, die an den Kaufmann Maninabha in der Stadt Alaka verheiratet war. Dieser Maninabha begab sich in Geschäften an die Meeresküste und wurde dort viele Tage lang aufgehalten. Inzwischen wuchs Anangamanjari im Hause ihres Vaters zu voller Jugendblüte heran.

Als sie eines Tages auf dem Dach ihres Hauses stand und auf die Hauptstraße hinuntersah, erblickte sie den Brahmanen Kamalakara, und dieser erblickte sie auch. Das gegenseitige Anschauen rief in ihnen Liebesleidenschaft hervor. Beide standen reglos wie zwei gemalte Bilder da. Kamalakara nun, der ganz verwirrt war, wurde von seinem Freund nach Hause geleitet. Vor Trennungsschmerz sich selbst nicht mehr kennend, plauderte er seine Gedanken aus:

„Ach, Madana, bist du nicht von Schiva im Zorn verbrannt worden? Hast du nicht unter der Trennung von Rati gelitten, du Tor, daß du, dem fremder Schmerz unbekannt ist, mich quälst mit einem Pfeilregen, wo mich doch die Lotosäugige verlassen hat?"[40]

Sie hingegen klagte den Mond an:

„Ursprung des Schatzes der Gewässer nennt man dich, und deinen Körper gar das Haus des Nektars. Deine

Strahlen, hell und lianengleich, wetteifern mit einer Perlenschnur. Deine Geliebte ist die weiße Lotosblüte, dein lieber Freund der Gedanke sehnsuchtsvoller Erinnerung, die der Leidenschaft Stärke verleiht. Ach Mond, was bringt hier Hitze hervor? Was wird mir so heiß?"

Die Freundin ermahnte sie: „Sprich nicht so, Freundin! Schämst du dich nicht, so zu reden?"

Sie aber entgegnete:

„Das Entenweibchen, das, im Uferwasser stehend, den Klagelaut der Cakravaka-Enten von sich gibt, lebt doch, und der Lotos(teich) lacht über den Kummer, der mit dem Ende der Nacht vergeht. — Aber eine wie ich, deren Geliebter fern ist, für deren Kummer kein Ende abzusehen ist, die außer sich in die Gewalt des Liebesgottes geraten ist, wie kann die leben?

Ach Freundin, ich weiß das alles, aber der Liebesgott hat mich schamlos gemacht." Malayavati, die Freundin, forderte sie noch einmal auf:

„Sei standhaft, halte dein Herz mit Gewalt zurück! Übergeh nicht die Scham, die den falschen Weg anzeigt! Beherzige die Worte der Freundin! Finde zu dir selbst zurück, Liebe! Von dem Liebesgott, dem Jäger, der die ganze Schar seiner Pfeile von dem bis ans Ohr gedehnten Bogen losschießt, bist du, sein augenblickliches Ziel, auf die Erde niedergestreckt, deshalb redest du so."

Sie aber antwortete:

„Schwer abzuwehren sind die Pfeile des Liebesgottes, der Allerliebste ist fern, das Herz voll übergroßer Sehnsucht, heftig ist die Liebe, frisch die Jugend, kraftvoll sind die Lebensgeister, makellos ist die Familie, das weibliche Wesen der Festigkeit widerstrebend, der Gott der Zeit ein Freund des Liebesgottes, der Todesgott ungeduldig: Wie kann ich alle diese schwer zu erduldenden Feuer zusammen ertragen, Freundin?"

Da sagte die Freundin: „Ich will deinen Schmerz stillen", tröstete sie und ging nach Hause. Anangamanjari aber lief in den Tempel der Devi, fertigte aus ihrem Obergewand eine Schlinge, um sich damit zu töten, und sprach: „In einer anderen Wiedergeburt soll er mein Gatte werden!" Sie legte sich gerade die Schlinge um den Hals, als die Freundin herbeikam und ihr zurief: „Handle nicht unüberlegt, Freundin! Wenn du tot bist, ist nichts mehr zu machen." Anangamanjari antwortete: „Du hast ja recht, Freundin, aber für mich steht das Leben auf dem Spiel." — „So warte einen Augenblick, bis ich dir den Geliebten herbringe", sagte die Freundin und ging dorthin, wo sich Kamalakara aufhielt. Auch dessen Körper wurde vom Trennungsschmerz heimgesucht, und obgleich er von seinem Freund mit Sandelwasser besprengt und mit Pisangblättern gefächelt wurde, flehte er: „O mein Freund, hole mir Gift, damit ich es zu mir nehmen und sterben kann. Es heißt ja:

> Wo soll sich der Blick, der schwer ist vom Trinken des Nektars ihres Antlitzes, ausruhen? Woher sollen die Ohren, die nur ihrer Stimme lauschen wollen, etwas hören? Wie soll man sich aufrecht halten mit diesen Gliedern, die die Bürde ihrer Umarmung tragen? O weh, durch die Trennung von ihr sind wir in einen elenden Zustand geraten!"

Da trat die Freundin zu ihm und sprach: „O Kamalakara, von Anangamanjari geschickt, komme ich zu dir. Persönlich läßt sie dir ausrichten: O Geliebter, gib mir das Leben wieder!" Kamalakara erwiderte: „Wie es bei mir ums Leben geht, so steht es wohl auch mit ihr? Oder nicht?" Da sagte die Freundin:

> „Den Mond nennt sie Sonne, das Sandelholz hält sie für einen Waldbrand, den Lotos für ein Feuer,
> den Scheiterhaufen stellt sie sich als schneeiges Lager vor.

Steh auf, Kamalakara! Geh zu ihr, solange sie noch lebt. Wenn du erst kommst, nachdem sie gestorben ist, was tust du dann?"

Als er dies vernahm, erhob er sich wankend von seinem Lager. Doch als er zu ihrem Hause kam, war das Mädchen schon tot. Bei ihrem Anblick starb er selber vor Trennungsschmerz. Für beide wurde nun ein Scheiterhaufen errichtet.

Zur selben Zeit traf der angetraute Gatte wieder im Hause seines Schwiegervaters ein. Die Klagetöne der weinenden Freundin vernehmend, gelangte er dorthin, wo seine Gattin aufgebahrt lag. Wie er sie nun in engem Beieinander mit einem fremden Mann erblickte, stieg er in überwallendem Liebesgefühl ebenfalls auf den Scheiterhaufen und starb.

In der Stadt sagten die Leute: „Welch eine seltsame Begebenheit! So etwas hat man sonst noch nicht gesehen oder gehört! Gleich drei auf einmal gestorben!"

Als er diese Geschichte erzählt hatte, sagte der Vetala: „Nun sprich, König, wer von diesen dreien war am meisten von Liebe verblendet?" König Vikramasena antwortete: „Der angetraute Gatte war am meisten verblendet — als er die Geliebte, die für einen anderen gestorben war, erblickte, ließ er den Zorn beiseite und starb."
Dies vernehmend, verschwand der Vetala und hing wieder in den Zweigen des Schimschipa-Baumes.
Dieses war die zwanzigste der fünfundzwanzig Erzählungen des Vetala, wie sie von Schivadasa verfaßt wurde.

Der König ging nun noch einmal zu dem Schimschipa-Baum, holte den Toten herab, lud ihn auf die Schulter und machte sich erneut auf den Weg. Da begann der Vetala von neuem und sprach: „Hör zu, König, was ich dir jetzt erzähle!"

Es gibt eine Stadt Jayasthala, dort lebte einmal ein König namens Viramardana und auch eine Brahmane, der Vishnusvami hieß und vier Söhne hatte. Von diesen war der erste ein Würfelspieler, der zweite war den Dirnen ergeben, der dritte hielt es mit den Frauen anderer Männer, und der vierte war ein Leugner des Hinduglaubens. Diese vier ermahnte Vishnusvami:

> Ein ehrenhafter Mensch mache sich frei von dem mancherlei Unheil hervorbringenden Würfelspiel. Denn wie ein Gift auf das Leben, so wirkt das Würfelspiel zerstörend auf die Tugend.
> Hader, Streit, Kampf, Zorn, Groll, Ermattung, Wahn, Verleumdung, Mißgunst, Trauer — diese sind Geschwister des Würfelspiels.
> Eine Dirne, die den Sinn betört, auch wenn man ihr nur kurze Zeit verfällt, weise ein Mann, dessen Schmuck die Tugenden sind, weit von sich.
> Wahrheit, Reinheit, Ausgeglichenheit, Tugend, Selbstbeherrschung, Zurückhaltung und Hemmung legen die Galane draußen ab, wenn sie das Haus der käuflichen Frauen betreten.

Mutter, Vater, Bruder, Sohn, Tochter und Schwester lieben den nicht, der eine billige Dirne zur Liebsten hat. Was bedeutet schon der irdische Kummer, der auf den Besuch bei der Frau eines anderen folgt — die Verständigen wissen es: Die Hölle ist die schreckliche Frucht dieser Tat.

Abschneiden des Gliedes, Reiten auf einem Esel, niedrige Arbeit in einer Töpferfamilie, Schmähreden der Leute und Unglücklichsein — dies erntet ein Frauenverführer.

Diejenigen, die in der Kindheit nicht die Wissenschaft studieren, in der Jugend von Leidenschaften beherrscht und voller Hochmut sind, die werden im Alter geringschätzig behandelt und gehen zugrunde wie Lotosblüten im Frost.

Als die vier so das Wort des Vaters angehört hatten, erwogen sie gemeinsam: „Ein Mensch ohne Bildung ist tot, auch wenn er noch am Leben ist. Deshalb laßt auch uns in ein anderes Land gehen und Wissen erwerben." So beschlossen sie einmütig und zogen, ein jeder für sich, in ein anderes Land.

Nachdem eine Zeit vergangen war und sie Kenntnisse erworben hatten, trafen die vier wieder an einem Ort zusammen. Der älteste Bruder sprach: „Es soll doch jeder von uns sein besonderes Wissen vorführen, Brüder!" Darauf holte er die Knochen eines Löwen aus dem Wald und fügte sie mit Hilfe seines Wissens zusammen. Der zweite umkleidete sie mit Fleisch, Fett und anderen Substanzen, der dritte gab Blut, Haut und Haare dazu, und der vierte machte den Körper des Löwen lebendig. Da wurden alle vier von dem Löwen aufgefressen.

Als er diese Geschichte erzählt hatte, sagte der Vetala: „Nun, König, sprich! Wer von den vieren war der Dumme?" König Vikramasena antwortete: „Der den Löwen lebendig gemacht hat. Denn:

Die Vernunft ist besser, nicht das Wissen. Vernunft steht höher als das Wissen. Diejenigen, denen es an Vernunft mangelt, gehen zugrunde wie jene Löwenmacher."

Als er dies vernommen hatte, verschwand der Vetala und hing wieder in den Zweigen des Schimschipa-Baumes.

Dieses war die einundzwanzigste der fünfundzwanzig Erzählungen des Vetala, wie sie von Schivadasa verfaßt wurde.

Der König ging nun noch einmal zu dem Schimschipa-Baum, holte den Toten herab, lud ihn auf die Schulter und machte sich erneut auf den Weg. Da begann der Vetala von neuem und sprach: „Hör zu, König, was ich dir jetzt erzähle!"

In der Stadt Vishvapura lebten einmal ein König namens Vidagdha und ein Brahmane, der Narayana hieß. Dieser verstand sich auf die Kunst, in einen anderen Körper zu schlüpfen.

Eines Tages dachte er bei sich: „Mein Leib ist alt geworden. Deshalb will ich ihn verlassen, in einen jungen Leib schlüpfen und das Leben genießen." Zu seiner Familie sagte er: „Ich bin ein Asket geworden" und begann vorzutragen:

„Den Pfuhl der Wünsche trockne aus durch Askese. Mitten darin stehend, fülle ihn mit Denken an. Die grobe Körperplage reinige, löse den Schmutz durch höchste Andacht.

Der Leib ist verfallen, das Haupt ergraut, zahnlos der Mund; auf den Stock gestützt, geht der Alte. — Dennoch lassen die Wünsche den Narren nicht los!

Solange einer imstande ist, Vermögen zu erwerben, gehört ihm die Zuneigung seiner Umgebung. Später, wenn der Leib durch das Alter gebrechlich geworden, fragt keiner mehr im Hause nach ihm.

Verschieden sind die Wege, verschieden die Götter, verschieden die Lehrer, verschieden die Götterverehrung, verschieden die Kleidung, verschieden die Erlösung — doch ein und dieselbe Täuschung wird daraus geknüpft.

Immer wieder Nacht, immer wieder Tag, immer wieder ein Jahr, immer wieder ein Monat, immer wieder ein Greis, immer wieder ein Kind — immer wieder geht und kommt die Zeit.

Wer bin ich, wer bist du? Was ist diese Welt? Wodurch und zu welchem Zweck macht man sich Kummer? Einer kommt, einer geht. Das ganze Leben ist Aufbruch und Trennung.

Der flechtentragende Asket, der weise Brahmane, der würdige Samkhya-Philosoph, der alte Leugner des Hinduglaubens — keiner ist anders als sterblich geboren. Und dennoch ist jede Körperverletzung Mord.

Ein Leben und viele Körper, eine Wahrheit und viele

Illusionen, ein Wissen und viele Irrlehren. — Warum nur diskutieren die Gelehrten so giftig miteinander?
Wer bin ich, woher und wie bin ich gekommen? Wer ist meine Mutter und wer mein Vater? Der ganze Kreislauf des Lebens hier ist doch so betrachtet ein Traumgebilde."

Nachdem er dieses und anderes vorgetragen hatte, fügte er hinzu: „Nun denn, ich werde eine Pilgerreise machen!" Darüber freute sich die Familie. Er aber fuhr nun in einen jungen Leib und weinte zuerst, dann lachte er.

Als er diese Geschichte erzählt hatte, sagte der Vetala: „Nun, König, sprich! Aus welchem Grund hat er geweint und aus welchem Grund gelacht?" König Vikramasena antwortete: „Als er aus seinem eigenen Körper herausfuhr, dachte der Asket: ‚Dieser Leib ist in der Kindheit von der Mutter mit Sorgfalt behütet, vom Vater ernährt worden. In der Jugend erlebte er den Genuß der Frauen und anderes; jetzt aber wird er verlassen!' Aus diesem Grund weinte er. Und er lachte bei dem Gedanken: ‚Ich habe wieder einen jungen Leib bekommen!'"

Als er das vernommen hatte, verschwand der Vetala und hing wieder in den Zweigen des Schimschipa-Baumes.

Dieses war die zweiundzwanzigste der fünfundzwanzig Erzählungen des Vetala, wie sie von Schivadasa verfaßt wurde.

Der König ging nun noch einmal zu dem Schimschipa-Baum, holte den Toten herab, lud ihn auf die Schulter und machte sich erneut auf den Weg. Da begann der Vetala von neuem und sprach: „Hör zu, König, was ich dir jetzt erzähle!"

In der Stadt Dharmapura lebte einmal zur Zeit des Königs Dharmadhvaja ein Brahmane mit Namen Govinda. Der war ein Kenner der vier Vedas und hatte vier Söhne, Haridatta, Somadatta, Yajnadatta und Brahmadatta genannt. Sie alle waren mit den Vedas und den Lehrbüchern wohl vertraut. Über eine Weile starb der älteste Sohn Haridatta, und durch sein Hinscheiden kam der Vater, Govinda, dem Tode nahe.

Da kam der Hauspriester des Königs zu ihm und ermahnte ihn: „O Govinda, höre mich an!

Den ersten Schmerz empfinden die Menschen auf dieser Erde schon im Mutterleib. Auch in der Kindheit gibt es großen Kummer, wie beispielsweise das Trinken der Milch bei einer Frau mit schmutzigem Körper. Die Jugend kennt den Trennungsschmerz, und das Alter ist vollends wertlos. Sagt, ihr Leute, gibt es in dieser Welt auch nur die geringste Freude?

Das Kind im Mutterleib, das Neugeborene, das im Bettchen liegende und das auf dem Schoß der Mutter, den Knaben, den Greis, den Jüngling, den reifen Mann, den Armen, den Reichen, den Bösen, den Guten; ob sich einer nun in einem Baumwipfel befindet, oder auf einem Berggipfel, im Luftraum, auf der Straße, im Wasser, in einem Käfig, in einer Höhle — der unwiderstehliche Todesgott rafft ununterbrochen alle dahin, sogar den, der in die Unterwelt eingegangen ist.

Der Tod verschont nicht den gelehrten Mann, nicht den schriftkundigen Brahmanen, nicht den, der reich an Geld und Gut ist, nicht den Starken, nicht den König, auch nicht den, der zufrieden und beherrscht ist, nicht den Glücklichen und nicht den Unglücklichen. — Wie ein Waldbrand verzehrt der Todesgott alles.

Ein Alter von hundert Jahren ist den Menschen zugemessen. Die Hälfte davon geht mit der Nacht dahin. Von der übrigen Hälfte wird wiederum die Hälfte für Kindheit und Alter verbraucht. Den Rest verbringt man mit Krankheit, Trennung und Kummer bei Dienst und anderen Dingen. Wie können die Menschen Glück empfinden in einem Leben, das unsteter ist als die Welle?

Im Hause bleiben die Besitztümer zurück und auf dem Verbrennungsplatz die Verwandten. Der Leib wird dem Scheiterhaufen übergeben. Nur Sünde und Tugend nimmt man mit.

Heute noch lachen, singen und scherzen sie, und heute schon sind sie nicht mehr zu erblicken. — Sieh, so wirkt der Gott der Zeit!

Wer ist die Mutter, wer der Vater, wer der Verwandte, wer ist die Gattin, wer sind die Brüder? Sie sind gegangen, woher sie kamen. Was gibt es da zu jammern?

Die am Morgen da sind, sind es nicht am Mittag; die am Mittag da sind, sind es nicht zur Nacht; die in der Nacht da sind, erblickt man nicht wieder. — Die Welt ist vollendete Gaukelei."

Als Govinda diese Worte Vishnuscharmas vernommen hatte, machte er sich im Innern Gedanken und ging daran, ein Opfer zu vollziehen. Seine drei Söhne schickte er ans Meer, damit sie ihm für das Opfer eine Schildkröte herbeischafften.

Als die drei dort angekommen waren, baten sie einen Fischer: „He, Fischer, wenn du im Meer dein Netz auswirfst und uns eine Schildkröte herbringst, werden wir dir dafür hundert Geldstücke geben." Auf diese Worte hin warf der Fischer sein Netz aus, fing eine Schildkröte und brachte sie ihnen. Der älteste Bruder sagte nun: „Mittlerer Bruder, nimm du die Schildkröte!" Der aber wandte sich an den jüngsten Bruder: „Jüngster, nimm du die Schildkröte!" Da sagte der Jüngste: „Ich fasse die Schildkröte nicht an, meine Hand würde einen schlechten Geruch annehmen. Ich bin nämlich ein Kenner der Speisen!" Der zweite sprach: „Ich hingegen bin ein Frauenkenner. Die Schildkröte fasse ich nicht an!" — „Und ich bin ein Bettenkenner. Die Schildkröte berühre ich nicht!" ließ sich der dritte vernehmen. So stritten sich die drei und gingen deshalb an den Königshof. „Nun, ihr Brahmanen, teilt mir den Grund eures Streites mit", forderte der König sie auf.

Da sagte der erste: „Herr, ich bin ein Speisenkenner. Wie könnte ich eine Schildkröte anfassen?" Der zweite sprach: „Ich bin ein Frauenkenner", und der dritte stellte sich als Bettenkenner vor.

Der König erklärte, als er dies vernommen hatte: „Ich werde euch alle einer Prüfung unterziehen."

Zuerst ließ der König den Kenner der Speisen prüfen. Was auch immer an Reisbrei und anderem in der Küche des Königs zubereitet wurde, das setzte man dem Speisenkenner vor. Wie dieser nun einen Bissen zum Munde führte, stieg ihm ein schlechter Geruch in die Nase. Er ließ das Essen stehen und ging zum König. Der fragte ihn: „Nun, Brahmane, hast du gut gespeist?"

„Herr, aus der Speise stieg ein übler Geruch auf! Wie kann man sie da essen?" antwortete er. Vom König nach der Ursache davon gefragt, fuhr er fort: „Das Reisfeld liegt wohl in der Nähe eines Leichenverbrennungsplatzes. Deshalb riecht es

nach dem Rauch des Scheiterhaufens."
Da rief der König den Verwalter des Vorratshauses herbei und erkundigte sich: „Aus welchem Dorf ist der Reis bezogen?" Der Verwalter des Vorratshauses antwortete: „Herr, ein Pächter aus einem Dorf in der Nähe der Stadt hat ihn geschickt."
Auf Befehl des Königs wurde der Pächter herbeigerufen, und der König fragte ihn: „He, Pächter! Du hast Reis in unser Vorratshaus geliefert. Wo befindet sich das Feld, auf dem er wuchs?" — „Herr, es liegt neben dem Leichenverbrennungsplatz", gab der Pächter zur Antwort. Da sprach der König: „Brahmane, du bist wahrhaftig ein Speisenkenner!"
Der zweite wurde nun in das Haus eines leichtfertigen Frauenzimmers geschickt. Heimliche Späher folgten ihm. Man versorgte ihn mit Betel, Sandelpulver, Kampfer, Schminke und anderem, und er schwelgte in allen Genüssen. Als er nun das Lager bestieg und den Mund des Mädchens küssen wollte, schlug ihm daraus ein Geruch wie von Ziegenmilch entgegen. Er kniff den Mund zusammen, wendete sich ab und schlief ein. Die heimlichen Späher des Königs hatten den ganzen Vorgang mit angesehen.
Am Morgen ging der Brahmane zum König, und dieser fragte ihn: „Hast du die Nacht angenehm verbracht?" Er aber entgegnete: „Ich fand kein Vergnügen." — „Warum?" fragte der König, und er erklärte: „Herr, aus ihrem Munde stieg ein Ziegengeruch auf. Deshalb kann ich nicht bei ihr bleiben." Der König ließ die Kupplerin herbeiholen und fragte sie: „Dieses Mädchen, woher hast du es bekommen? Sprich die Wahrheit!" Die Kupplerin erwiderte: „Herr, es ist die Tochter meiner Schwester. Die Schwester starb am Kindbettfieber. Da habe ich das Kind mit Ziegenmilch aufgezogen." Da sprach der König: „Brahmane, du bist wahrhaftig ein Frauenkenner!"
Dem dritten ließ der König ein vorzügliches Bett zurechtmachen und als Lager zuweisen. Dann schickte er ihn in das Schlafgemach. Dieser begab sich dorthin, legte sich in das Bett zum Schlafen nieder, konnte aber keinen Schlummer finden. Mit großer Mühe brachte er die Nacht hin. Am Morgen fragte der König: „Nun, Brahmane, hast du gut geschlafen?" Er antwortete: „Herr, in dem Bett, in der siebenten Umhüllung, steckt ein dickes Pferdehaar. Das hat mir im Rücken Schmerzen verursacht, so daß ich keinen Schlaf finden konnte!"

Der König ließ das Bett untersuchen, und man entdeckte das Pferdehaar. Da sprach der König: „Du bist wahrhaftig ein Bettenkenner!"

Als der Vetala diese Geschichte erzählt hatte, sagte er: „Nun, König, sprich! Wer von diesen dreien war der vorzüglichste Kenner?" König Vikramasena antwortete: „Der Bettenkenner war der beste."
Als er dies vernommen hatte, verschwand der Vetala.
Dieses war die dreiundzwanzigste der fünfundzwanzig Erzählungen des Vetala, wie sie von Schivadasa verfaßt wurde.

Der König ging nun noch einmal zu dem Schimschipa-Baum, holte den Toten herab, lud ihn auf die Schulter und machte sich erneut auf den Weg. Da begann der Vetala von neuem und sprach: „Hör zu, König, was ich dir jetzt erzähle!"

In der Stadt Prabhavati lebte ein König Pradyumna mit seiner Königin Pritikari. Er hatte eine Tochter, Candraprabha genannt. Die war an den Herrscher von Dakshina, Vijayabala, verheiratet und hatte diesem eine Tochter, Lavanyavati, geboren.
Einst, während der Nacht, rückten die Verwandten Vijayabalas auf dessen Stadt vor und überfielen sie. Vijayabala sagte zu seiner Gemahlin: „Liebe, nimm unsere Tochter und lauf fort. Wenn ich die Feinde geschlagen habe, komme ich nach." Seinen Worten folgend, ging sie mit der Tochter fort. Darauf wurde Vijayabala in den Kampf verwickelt und in dessen Fortgang von den Verwandten umgebracht. Mutter und Tochter aber gelangten auf ihrem Wege an einen See. Dort ruhten sie sich eine Weile aus und gingen dann nach Sonnenaufgang weiter. An diesen See kam auch der König von Kusumapura mit seinem Sohn auf einem Jagdausflug. Als der Sohn die mit günstigen Zeichen versehenen Fußspuren der Lavanyavati erblickte, sagte er: „Vater, da vorn geht eine Königin mit ihrer Tochter!" Der Vater sah sich die Fußspuren an und stellte fest: „Mein Sohn, die eine hat lange Füße, die andere kurze. Die Langfüßige soll meine Gattin werden, die Kurzfüßige magst du zur Frau nehmen." So beschlossen sie

es, gingen weiter und trafen auf die Königin und ihre Tochter. Von ihnen gefragt, erzählten diese aus Angst alles, was vorgefallen war.
„Sie sind von unserer Kaste, das fügt sich gut!" Doch die Kurzfüßige war die Mutter und die Langfüßige die Tochter. Der König rief: „Sohn, die Langfüßige nehme ich!" Die Kurzfüßige nahm der Sohn.
Sie setzten die beiden auf die Pferde, brachten sie in ihre Stadt und steckten sie in den Harem. Über eine Weile brachten beide, Mutter und Tochter, ein Kind zur Welt: Die eine gebar einen Sohn, die andere eine Tochter. Diese beiden wurden miteinander verheiratet.

Als er diese Geschichte erzählt hatte, sagte der Vetala: „Nun, König, sprich! Wie ist in diesem Fall die gegenseitige Verwandtschaft?" Da wußte König Vikramasena tatsächlich keine Antwort mehr.
Dieses war die vierundzwanzigste der fünfundzwanzig Erzählungen des Vetala, wie sie von Schivadasa verfaßt wurde.

Da sagte der Vetala: „O König, viele Male habe ich dich auf die Probe gestellt. Weil du standhaft warst, bist du verschont geblieben. König, ich bin zufrieden mit deinem Mut, wünsche dir etwas."
Darauf entgegnete der König Vikramasena nichts.
Wieder sprach der Vetala: „König, wenn du mir auch nicht antwortest, so bin ich doch mit deiner Tapferkeit und deiner Ehrlichkeit zufrieden. Bevor du also dorthin zu dem Yogi gehst, will ich dir etwas sagen: Wenn der Yogi den Leichnam mit Wohlgerüchen, Räucherwerk und so weiter verehren will, und sagt: ‚König, bezeige deine Verehrung mit allen acht Gliedern (das heißt durch Niederwerfen)!', dann mußt du sagen: ‚Ich weiß nicht, wie man die Verehrung mit allen acht Gliedern vollzieht; alle verehren mich auf diese Weise, aber selber habe ich dies noch nie getan. Vorzüglichster Weiser, zeige du mir das zuerst, dann werde ich es tun.' Wenn dann der Yogi auf deine Worte hin dir die Verehrung mit allen acht Gliedern vormacht, so nimm dein Schwert, schlage ihm den Kopf ab und bringe mir mit dem Blut aus seinem Schädel die

Ehrengabe. Dann wirst du der acht Zauberkräfte teilhaftig werden. Befolgst du aber meinen Rat nicht, dann wird das dein Tod sein, und er wird in den Besitz der acht Zauberkräfte kommen.“ Damit verschwand der Vetala.
Nun brachte König Vikramasena den Leichnam dorthin und ließ ihn in den Zauberkreis fallen. Der Asket sah ihn und sprach: „Vorzüglich, vorzüglich, großer Held! Du hast ein äußerst verdienstliches Werk vollbracht.“ Darauf vollzog der Yogi alle Riten, brachte Blumen, Räucherwerk und Speisen dar, stellte Lampen auf und rief mit sehr zauberkräftigen Beschwörungsformeln den Vetala in den Zauberkreis. Dann nahm er den Vetala in dem Leichnam, brachte die Zauberei zu Ende und sagte zum König: „O König, nun bezeige deine Verehrung mit allen acht Gliedern.“
Da erinnerte sich der König der Rede des Vetala und sprach: „O Yogi, seit meiner Geburt habe ich noch niemand die Verehrung auf diese Weise erwiesen, daher kenne ich sie nicht. Zeige du sie mir zuerst, dann will ich es tun.“
Vom Schicksal verblendet, zeigte ihm der Yogi die Verehrung mit allen acht Gliedern. Als der König das sah, ergriff er sein Schwert und trennte ihm den Kopf vom Leibe. Darauf brachte er dem Vetala mit dem Blute des Schädels die Ehrengabe dar. So erhielt der König die acht Zauberkräfte. Sagt man nicht:

> Die gute Tat vergelte man gut, Gewalt erwidre man mit Gewalt. Dies seh ich nicht als Fehler an: Mit Bösen muß man bös verfahren.

Darauf ließen die im Himmel wohnenden Gandharven einen Blumenregen fallen, und Götterkönig Indra rief: „Heil, Heil! König, wir sind zufrieden mit dir. Du wirst die ganze Welt beherrschen. Sprich einen Wunsch aus!“
Der König sprach: „Mögen diese fünfundzwanzig Erzählungen des Vetala berühmt werden, und durch eure Gnade möge dieser mein Diener werden.“

Sogleich erschienen die Götter Brahma, Vischnu und Schiva, priesen den König und bezeugten ihm ihre Verehrung. Als der König seinen Wunsch erfüllt sah, kehrte er in seine Stadt zurück, voller Macht und Glück.

> Mag einer klug sein oder dumm, ein Greis schon oder noch ein Kind, erlangt er wahrlich viel Verstand, wenn er nur diese Geschichte kennt.

NACHWORT

In der altindischen Literatur spielen Märchen, Fabeln, Sagen und Legenden eine große Rolle. Ihre Motive und Stoffe dienten Dichtern als Vorlage für Dramen, Erzählungen, Kunstepen und Gedichte; Brahmanen, Buddhisten und Jainas verwendeten sie, um in volkstümlicher Form ihre Lehren zu propagieren, indem sie Märchen und Geschichten bearbeiteten und mit entsprechender Tendenz oder Moral versahen. Sogar in wissenschaftlichen Werken, Werken der Astronomie, der Staatslehre, der Grammatik u. a. etwa, findet man Bezüge auf Legenden, mythische Personen und Ereignisse. Als in den ersten Jahrhunderten unserer Zeitrechnung die Blütezeit der Sanskrit-Kunstdichtung begann — begünstigt durch die Existenz einer wohlhabenden Oberschicht in den reichen Handelsstädten Mittel- und Nordindiens, zu deren Bildungsideal es gehörte, sich mit Kunst und Literatur zu beschäftigen und die ebenso wie die Fürsten und Könige Dichter patronisierte —, schufen Dichter zur Unterhaltung bei Hofe oder in den Häusern reicher Kaufleute, aber auch zur Belehrung, zur Vermittlung von Grundsätzen der Lebensklugheit im Sinne hinduistischer Moral Erzählwerke in Versen oder Prosa, für die sie überliefertes Erzählgut bearbeiteten oder neu gestalteten. Es bildete sich eine Erzählform heraus, die es erlaubte, Geschichten verschiedensten Inhalts und verschiedenster Ausrichtung zu einem Ganzen zu verbinden — die Form der Erzählungssammlung mit Rahmengeschichte. Insbesondere vier solcher Sammlungen in Sanskrit erlangten in Indien und zum Teil darüber hinaus Berühmtheit: das Pancatantra (Fünferbuch), die Schukasaptati (Die siebzig Erzählungen des Papageien), Simhasanadvatrimschika und die Vetalapancavimschatika (Die fünfundzwanzig Erzählungen des Totendämons).

Die einzelnen zu solchen Sammlungen zusammengefaßten Geschichten standen meist mit der Rahmenerzählung nur lose im Zusammenhang, bezogen sich in ihrem Inhalt oder ihrer Aussage in unterschiedlichem Maße auf sie — am meisten wohl

im Pancatantra, das nach den Worten seines mutmaßlichen Verfassers Vishnuscharman dazu gedacht war, dumme Prinzen anhand anschaulicher und einprägsamer Geschichten aus der Tier- und Menschenwelt in die Grundlagen der Politik und Staatslehre einzuführen. Daher demonstrieren hier die Geschichten Maximen der altindischen Staatslehre, insbesondere des Staatslehrbuches des Ministers Kautilya, der im 4. Jahrhundert v. u. Z. gelebt haben soll und wegen seiner nüchtern-pragmatischen, zuweilen bis zur Skrupellosigkeit reichenden politischen Mittel oft mit Machiavelli verglichen worden ist. Die Rahmenerzählungen des Papageienbuches und der Erzählungen vom Löwenthron sind nach dem gleichen Prinzip angelegt. Die einzelnen Erzählungen sind als Beispiele für das Handeln der Personen, denen sie erzählt werden, gedacht und werden etwa so eingeführt: „Wenn du so ... bist, dann kannst du dies tun." So erzählt der Papagei, der die Aufgabe hat, die Kaufmannsfrau in Abwesenheit ihres Mannes vom Gang zum Stelldichein abzuhalten, entsprechend dem lustig-frivolen Charakter des ganzen Werkes seine Geschichten als Beispiele für die Listen und Ausreden, die eine Frau kennen und anwenden muß, wenn sie sich mit einem Liebhaber nicht ertappen lassen will. In der Simhasanadvatrimschika, die ihrer Grundhaltung nach eine heroisch-moralische Verherrlichung des Königs darstellt, erzählen die zweiunddreißig Statuen, die den Thron des Königs Bhoja umgeben, die Geschichten als Beispiele für das rechte, edle Verhalten eines Königs.
Von diesen dreien unterscheiden sich die „Fünfundzwanzig Erzählungen des Vetala" in zweierlei Hinsicht. Erstens beziehen sich die Geschichten, die der Vetala dem König erzählt, um ihn zum Reden und dadurch sein Vorhaben zum Scheitern zu bringen, nicht direkt auf die Rahmenerzählung, indem sie ihre moralische oder politische Tendenz unterstützen, noch werden sie durch einleitende Sätze eingeführt, die die Aussage der Geschichte gewissermaßen vorwegnehmen oder ankündigen. Zweitens sind sie als Rätsel konzipiert, für deren Lösung der König nicht allein Scharfsinn aufbringen muß, sondern an denen er auch zu beweisen hat, daß er die von einem König zu beherrschenden Wissensgebiete (Morallehre, Staatskunst, Politik, Recht usw.) anwenden kann. Vor allem diese Anlage des Werkes mag dazu beigetragen haben, daß es sich als Ganzes nicht (wie etwa das Pancatantra oder das Papa-

geienbuch) über Indien hinaus verbreitete. Denn die Geschichten und die spitzfindigen Fragen, in die sie münden, sind so ganz und gar auf indische Verhältnisse zugeschnitten und von ihnen geprägt, daß ohne Kenntnis der altindischen Gesellschaft die Fragen des Vetala und Antworten des Königs viel von ihrem Reiz einbüßen, ja zuweilen sogar unverständlich oder unlogisch erscheinen.

In Indien selbst erfreute es sich gerade wegen dieser Anlage über Jahrhunderte hinweg außerordentlicher Beliebtheit, wie zahlreiche Fassungen in verschiedenen indischen Sprachen beweisen. Zuweilen hat man die „Fünfundzwanzig Erzählungen des Vetala" als die älteste der klassischen Erzählungssammlungen mit Rahmengeschichte bezeichnet. Die Richtigkeit dieser Meinung bleibt einstweilen noch zu beweisen. Die älteste der insgesamt sieben erhaltenen Versionen in Sanskrit stammt jedenfalls erst aus dem 10. Jahrhundert, basiert jedoch ganz offensichtlich auf älteren Quellen. Sie ist Teil der Brhatkathamanjari (Blütenkranz der „Großen Erzählung") des kaschmirischen Dichters Kshemendra, einer Zusammenfassung von Geschichten der verlorengegangenen Sammlung Brhatkatha (Große Erzählung) des Gunadhya, der viele altindische Dichter die Vorlagen für ihre Werke entnahmen.

Einige Jahrzehnte jünger ist die zweite Sanskritfassung, die in Somadevas „Ozean der Märchenströme" (Kathasaritsagara) als Teil der „Erlebnisse der zehn Prinzen" enthalten ist. Beide Fassungen sind in Versen abgefaßt. Eine Prosakurzfassung der Brhatkatha, wahrscheinlich auch von Kshemendra, zeigt die Geschichten und ihre Rahmenerzählung bereits im selben Umfang wie in den späteren Rezensionen, die im Mittelalter, wahrscheinlich unter Verwendung der älteren Versfassungen als Vorlage, entstanden. Drei solcher Rezensionen in Sanskrit sind heute unter dem Namen ihrer Autoren bekannt: die des Schivadasa, die der hier gegebenen Übersetzung zugrunde liegt, die des Vallabhadasa und die des Jambhaladatta. Sie sind sämtlich nicht ganz genau zu datieren — ein Mangel, den sie mit den meisten altindischen Literaturwerken teilen —, doch ist Schivadasas Fassung wohl zeitlich vor den beiden anderen anzusetzen. Ihre älteste Handschrift datiert aus dem Jahre 1487. Anonyme und ebenfalls nicht ganz genau datierbare Fassungen enthalten auch zwei Puranas, das Agni- und das Bhavishya-Purana. Die einzelnen Rezensionen unterscheiden sich nicht so sehr hinsichtlich des Inhalts als vielmehr hinsichtlich der Form und Reihenfolge ihrer Geschichten. Schivadasas Fassung scheint die am weitesten verbreitete und beliebteste gewesen zu sein, denn sie diente den meisten der zahlreichen Fassungen in neuindischen Sprachen wie Hindi, Bengali, Tamil u. a. als Vorlage. Sprachlich ist sie nicht sehr kunstvoll, stammt sie doch aus einer Zeit, in der nicht mehr allein das Sanskrit die Sprache der Gebildeten und die Literatursprache par excellence war. In dieser Zeit, die als Periode des Beginns der indischen Nationalliteraturen gilt, begannen ältere Formen der heutigen indischen Sprachen das Sanskrit abzulösen. Daher trifft man in Schivadasas Text nicht nur grammatische Nachlässigkeiten (vielfach auch stereotype Formulierungen), sondern Formen und Worte der Alt-Gujerati, zuweilen auch ganze Verse in dieser Sprache.

In der Erzähltechnik folgt Schivadasa ganz der traditionellen Manier, die Prosahandlung durch Einschübe von Versen aufzulockern, im Gegensatz etwa zu Jambhaladatta, der die Geschichten in äußerst knapper Prosa erzählt und allenfalls an den Schluß einer Erzählung einen Vers stellt. Die Verse stammen größtenteils nicht vom Dichter selbst, sondern sind der altindischen Spruchweisheit entnommen. Solche Verse, auch Subhashita, das gut Formulierte, genannt, waren für den Gebrauch der Dichter in Kompendien zusammengestellt. Sie entstammten den verschiedensten Quellen — den beiden großen Epen Mahabharata und Ramayana, den brahmanischen Rechtsbüchern (Dharmaschastra), Werken der Staatslehre, einzelnen Dichterwerken, Anthologien oder auch religiösen Texten wie den Puranas. Entsprechend vielseitig war ihr Inhalt, entsprechend unterschiedlich ihre künstlerische Form. Schivadasa gliedert die Verse auf verschiedene Art der Prosahandlung ein.

Der größte Teil der aus der Spruchweisheit stammenden Verse wird mit Formeln wie „es heißt ja“ oder „man sagt auch“ eingeleitet und unterstreicht die moralische Aussage der jeweiligen Textpassage, zuweilen mit Anspielung auf mythologische Ereignisse oder Personen, die jedem Inder bekannt waren: auf Rama, den Helden des Epos Ramayana, Hanuman, seinen Helfer aus dem Geschlecht der Affen, den Götterkönig Indra usw. Solche Verseinschübe gaben dem Dichter die Möglichkeit, die Erzählung aufzulockern, zu beleben und dadurch selbst Geschichten, die von ihrer Tendenz oder Handlung her wenig ergiebig waren, für den Hörer anziehend zu machen. So gewinnt die Geschichte von dem überaus edelmütigen Viravara, der sich und seine Familie dem König opfert, durch die Verse über das schlimme Los eines Dieners etwas an Realitätsbezug. Die Verspredigt des Jaina-Ministers in der elften Erzählung, die gegen die Auswüchse hinduistischer Religion wettert, mag, obgleich sie eigentlich in keinerlei Zusammenhang zur Haupthandlung steht, manchem Zuhörer ihrer Kritik wegen gefallen haben. Die Erzählungen waren ja für ein gebildetes städtisches Publikum bestimmt, und gerade unter der städtischen Kaufmannschaft gab es viele Anhänger der Jaina-Religion, die Opfer und Götterverehrung als Weg zur Erlösung ablehnte. Auch die Verse, die der alte Brahmane in der zweiundzwanzigsten Erzählung vorträgt, um den Verwandten seinen Entschluß für eine Weltflucht plausibel zu machen, die aber im Grunde genommen durchaus nicht fromm, sondern skeptisch gemeint sind, haben dem aufmerksamen Zuhörer sicher ein Vergnügen bereitet, das die sehr handlungsarme Geschichte sonst nicht zu bieten gehabt hätte, zumal sie nicht einmal mit einer kniffligen Frage endet. Wenn schließlich sogar, in der neunten Erzählung, das äußerst unmoralische Ansinnen des Kaufmanns Dharmadatta an die schöne Madanasena mit dem Hinweis auf die Amouren des Götterkönigs Indra begründet und damit entschuldigt wird, so zeigt dies deutlich, welch vielfältige Möglichkeiten einem geschickten Autor durch das Einschieben von Versen zur Gestaltung der Geschichten in die Hand gegeben waren, auch wenn die Verse lediglich der gängigen Spruchweisheit entstammten. Zuweilen dienten Verse in Schivadasas Fassung lediglich der Ausschmückung, zum Beispiel der Beschreibung eines Leichenplatzes, eines schönen Mädchens, der Eigenschaften eines Königs oder zur Schilderung der Schönheiten eines Sees. Eine dritte Art von Versen führt die Prosahandlung weiter, besteht meist aus Rede und Gegenrede und stammt wohl vorwiegend vom Dichter selbst.

Ein Vergleich mit ähnlichen altindischen Literaturwerken zeigt, wieviel in den Geschichten des Vetala volkstümlichem Erzählgut entstammt. Einige Geschichten lassen sich auf buddhistische Vorbilder, besonders auf die Jatakas (Erzählungen aus Buddhas früheren Existenzen) zurückführen, die in den Jahrhunderten um die Zeitenwende ihre uns heute bekannte Gestalt erhielten, im Kern jedoch wohl aus Buddhas Zeit, dem 6. bis 5. Jahrhundert v. u. Z. stammen. Auch mit dem Pancatantra, beziehungsweise dem Papageienbuch hat unser Text einige Geschichten gemeinsam, so die fünfzehnte von Jimutavahana, die siebzehnte von dem Yogi, der das Zaubern lernen wollte, die zweiundzwanzigste von den Löwenmachern, um nur einige Beispiele zu nennen. In anderen Geschichten sind indische Märchenmotive erkennbar, die bis nach Europa gewandert und dort in vielen Volksmärchen zu finden sind. Unschwer erkennt man in der achten Geschichte etwa eine Parallele zur „Prinzessin auf der Erbse", in der fünften das Motiv der „Vier kunstreichen Brüder" oder in der vierten das des „Treuen Johannes". Wenn in der elften Geschichte die Vidyadhari in die Heirat mit dem König nur unter der Bedingung einwilligt, daß er sie in jeder Neumondsnacht allein läßt, und wenn sein heimliches Beobachten der Geschehnisse dann dazu führt, daß sie von dem auf ihr lastenden Fluch erlöst wird, so hat man es hier wohl mit einem ähnlichen Motiv zu tun wie in dem deutschen Märchen „Vom singenden springenden Löweneckerchen" oder den russischen von der „Froschkönigin" oder „Wassilissa der Weisen". Selbst die Gestalt des Vetala in der Rahmenerzählung läßt sich vielleicht auf den gleichen Typus des menschenfressenden Unholds, von dem man sich nur durch Beantwortung von Fragen lösen kann, zurückführen, wie etwa unser Rumpelstilzchen.

Trotzdem wäre es verfehlt, die „Fünfundzwanzig Erzählungen des Vetala" gänzlich ins Reich der Märchenliteratur zu verweisen. Gewiß spielen überirdische Wesen und Geschehnisse, Geister und Dämonen, Zauber und Wunder eine große Rolle in ihnen, und Reales verbindet sich mit Märchenhaftem, die Welt der Götter, Dämonen und Geister bildet eine Einheit mit der Welt des Menschen. Für den indischen Hörer war dies jedoch ganz natürlich und entsprach seinem von der Lehre der Seelenwanderung und der Tatvergeltung geprägten Weltbild. Der Hinduismus lehrte ja, daß alles in der Welt dem Kreislauf der Wiedergeburten unterworfen sei und daß die Taten des gegenwärtigen Lebens die Form der nächsten Wiedergeburt bestimmen. Diesem ewigen Werden und Vergehen waren nicht nur die Menschen, sondern auch die Götter, beziehungsweise göttlichen Wesen unterworfen. Befolgte ein Mensch die für ihn geltenden religiös-moralischen und gesellschaftlichen Normen, so konnte er im Laufe einer Reihe von Wiedergeburten nicht nur den angesehensten Stand in der Gesellschaft erreichen und als Brahmane wiedergeboren werden, sondern auch als göttliches Wesen. Verletzte er diese Normen, so wurde er in der nächsten Existenz ein Tier oder gar ein Geist oder Dämon. Die Seelenwanderungslehre in dieser Form setzte also eine Einheit von Mensch und allen anderen Wesen voraus und betrachtete diese daher nicht als vom Menschen grundsätzlich verschieden. Sie konnten ja in früheren Existenzen ebensogut Menschen gewesen sein, waren also etwas Reales. Die verwirrende Vielfalt von übernatürlichen Wesen in der indischen Mythologie, der Glaube an deren magischen Fähigkeiten und damit verbunden das Bestreben, durch Zauberriten selbst solche Fähigkeiten zu erlangen, erklären sich aus dem synkretistischen Charakter des Hinduismus, der im Laufe der Jahrhunderte zahllose Kulte, religiöse Vorstellungen, Gottheiten und Mythen der Völkerschaften und Stämme des indischen Subkontinents aufgesogen hat, Kulte und Vorstellungen, die den verschiedensten Entwicklungsstadien der Gesellschaft entsprachen: schamanistische Praktiken, animistische Vorstellungen, Baumkulte, Kulte von Fruchtbarkeitsgöttern, Stammesheroen usw. Sie alle wurden in der einen oder anderen Weise zu den großen Göttern (vor allem zu Vischnu und Schiva) und ihren Kulten in Beziehung gesetzt und blieben auf diese Weise lebendig. Das ist auch in den „Fünfundzwanzig Erzählungen des Vetala“ deutlich abzulesen. Eine ganze Reihe von Geistern, Dämonen und Halbgöttern spielen in ihnen eine Rolle: die in Leichen wohnenden Vetalas und die ebenfalls auf dem Leichenplatz beheimateten Bhutas oder Pretas, Seelen von Menschen, die eines gewaltsamen Todes gestorben sind oder für die die Totenriten nicht in der richtigen Weise vollzogen wurden. Die Rakschas, eine bestimmte Gattung von Widergöttern, unseren Teufeln ähnlich, die den Menschen oft übel mitspielen. Die hexenartigen Yoginis, Dienerinnen der Durga (Devi), der kriegerischen Gattin Schivas. Die zauberkundigen Vidyadharas und andere, den Luftraum oder den Götterhimmel bewohnenden halbgöttlichen Wesen wie die Gandharvas und Kinnaras, die himmlischen Musikanten, und die nymphenähnlichen Apsaras', die in der Literatur als Sinnbild des Verführerischen gelten. Die schlangenleibigen Nagas, die die Unterwelt bewohnen. Wie die Yakschas, die dienstbare Geister des Gottes Kubera und Bewacher seiner unterirdischen Schätze, sind sie den Menschen meist wohlgesonnen, werden ihnen aber auch gefährlich wie die Rakschasas. Ebensooft werden Zauberriten, die blutigen Opfer an die Devi oder die Gaben an den Wunschbaum als Mittel zum Erreichen aller Wünsche geschildert.

Besonders im Schivaismus waren solche Vorstellungen lebendig, und die „Erzählungen des Vetala“ als ausgeprägt schivaitisches Werk zeigten ihre Volkstümlichkeit. Noch aus dem vergangenen Jahrhundert gibt es Berichte aus den verschiedensten Teilen Indiens darüber, daß Opfer an die Devi oder Kali, wie sie in unseren Geschichten vorkommen, noch vollzogen wurden, vor allem im östlichen Indien. Sie galt als die Göttin an sich, die als Verkörperung der weiblichen Energie, die Schöpferkraft Schivas ergänzt und damit als die große Lebensspenderin und Mutter, die jedoch ihrer kriegerischen, blutrünstigen Natur wegen besonders gefürchtet wurde und durch Opfer besänftigt werden mußte, damit sie alle Wünsche erfülle. Es ist bezeichnend für den schivaitisch-frommen Charakter der „Fünfundzwanzig Erzählungen des Vetala“, daß an einigen Stellen diese blutigen Opfer an die Devi (sie wird auch mit ihren anderen Namen Candi, Candika, Bhairavi, Gauri genannt) ebenso wie die magischen Praktiken oder die für den Schivaismus typische Kultpraxis zwar abgelehnt werden, ihre Wirkung jedoch nicht bezweifelt wird. In dieser Hinsicht sind sie ein konventionelles Werk, im Gegensatz zu dem Pancatantra, den „Erlebnissen der zehn Prinzen“, oder dem Papageienbuch, die an vielen Stellen nicht nur einzelne Gruppen der Gesellschaft oder die Könige kritisieren, sondern auch den Glauben an die alleinige Macht des Schicksals und an die Wirksamkeit der Opfer für das Erreichen weltlicher Ziele. Sie betonen dagegen die Notwendigkeit eigenen, tatkräftigen, wenn auch oft nicht ganz moralischen Handelns.

Gewiß wird auch in den Erzählungen des Vetala mit Kritik an bestimmten Personengruppen nicht gespart. Kaufleute zum Beispiel kommen häufig schlecht weg, werden als geldgierig, verschwenderisch, lasterhaft geschildert. Auch die Könige sind nicht immer solche Idealgestalten wie beispielsweise im Vikramacaritam. Bei der Entscheidung der ersten Geschichte bescheinigt Vikramasena zum Beispiel dem König Dantaghata mangelnde Kenntnis der Rechtslehre, die dazu führt, daß er auf den Betrug des vermeintlichen Yogi hereinfällt und seine eigene Tochter falsch beschuldigt. Ebenso vernachlässigt der König in der elften Geschichte gröblich seine Pflichten, indem er dem Minister die Sorge um das Reich aufbürdet und seinem Vergnügen nachgeht. Entsprechend verurteilt ihn Vikramasena, denn die religiös-moralische Pflicht des Königs, sein Dharma, ist es, seine Untertanen zu schützen. So lehren es die brahmanischen Rechtsbücher. Eindeutig ablehnend, aber ohne sie im einzelnen zu kritisieren, werden die Jainas dargestellt, ihre Lehre wird als zu utopisch für die Bedürfnisse der realen Gesellschaft und Politik bezeichnet. Für diese Tendenz mögen ganz reale materielle Interessen der Brahmanen verantwortlich gewesen sein, lehnten doch die Jainas Opfer und Schenkungen an Land und Geld ab, aus denen die Brahmanen großen Nutzen zogen. Nicht von ungefähr ist daher sicher der böse Yogi der Rahmengeschichte ein Digambara-Mönch. Die Digambaras, die „Luftgekleideten", repräsentierten die asketischere der beiden großen Richtungen innerhalb des Jinismus und ihre Anhänger trieben die Bedürfnislosigkeit so weit, daß sie unbekleidet gingen.

Insgesamt aber sind die Geschichten und ihre Hauptfiguren bei aller Vorliebe für Liebesabenteuer und für allerlei Schliche und Schwänke doch sehr edel und fromm. Daran ändert auch die Tatsache nichts, daß das Werk vorwiegend unterhaltenden, nicht belehrenden Charakter hat. Die spitzfindigen Fragen des Vetala und die Antworten des Königs, obgleich in allererster Linie als „geistreiche Antworten und Entscheidungen in schwierigen, nur teilweise juristischen Fällen" und teils „eigentlich gar nicht rationell beantwortbare Fragen" erdacht, sind meist ganz im Sinne der traditionellen Ständegesellschaft und der hinduistischen Morallehre gehalten. Traditionelle Sozial- und Rechtsvorstellungen bestimmen weitgehend die Art der Lösungen. So illustriert etwa das Urteil Vikramasenas in der siebenten Erzählung die in allen Rechtsbüchern (Dharmaschastra) zu findende Vorschrift, daß ein Mann sich seinen Ehepartner nur innerhalb seines eigenen Standes, allenfalls noch innerhalb des nächstniederen Standes suchen soll. Begründet wird dies mit dem Hinweis auf die traditionellen Tätigkeiten der vier Stände. In Wirklichkeit waren diese längst

fiktiv geworden.
Die ständische Teilung der altindischen Gesellschaft entstand in der Zeit der zerfallenden Urgesellschaft (um 1200 v. u. Z.), als sich die Gesellschaft der nach Indien einwandernden Arya-Stämme langsam zu differenzieren begann. So gliederte sich die Gesellschaft in drei Gruppen: die Priester (Brahmanen), deren Aufgabe das Vollziehen der Opfer und die Tradierung der heiligen Texte war; die Krieger (Kshatriya), denen der militärische Schutz des Stammes oblag, und die Masse der Produzenten, Visch oder Vaischya genannt. Diesen drei Gruppen der arischen Gesellschaft gliederte man als vierten und minderberechtigten Stand die einheimische, von den Aryas unterworfene Bevölkerung an und nannte sie Schudras, bezeichnete es auch gleichzeitig als ihre Standespflicht, neben dem Ausüben von Handwerken den drei oberen Ständen zu Diensten zu sein. Mit zunehmender Differenzierung der Gesellschaft verwischte sich auch der Unterschied in den Funktionen und Tätigkeiten, die diese Gruppen der Gesellschaft hatten. Schudras übten Berufe aus, die ihnen die brahmanische Ständetheorie versagte, waren zum Beispiel Bauern oder Händler. Brahmanen beschränkten sich nicht mehr allein auf das als ihr Privileg geltende Lernen und Lehren der heiligen Texte, denn davon konnten nur einige wenige leben, sondern wandten sich vielen anderen, darunter auch produktiven Tätigkeiten zu, wurden Minister, Heerführer, Soldaten, sogar Bauern. Trotzdem wurde von den brahmanischen Theologen zur Wahrung der Privilegien ihres Standes, die sie als Bewahrer des heiligen Veda-Wissens besaßen, die alte Einteilung der Gesellschaft in Stände mit jeweils charakteristischen Tätigkeiten gelehrt und ihre Einhaltung mit den verschiedensten Mitteln propagiert, wie unsere Geschichten beweisen. Andere Texte jener Zeit tragen den realen Bedingungen eher Rechnung und betonen die ständische Gliederung der Gesellschaft weniger als die Gliederung in Berufs- und soziale Gruppen. Vikramasena dagegen vertritt den konservativ-brahmanischen Standpunkt.
Das gilt auch für das Bild der Frau, das die Geschichten zeichnen. Einerseits als Quell aller sinnlichen Freuden gepriesen und mit außerordentlicher Freude an ihrer Schönheit besungen, gilt sie andererseits als Inbegriff der Zügellosigkeit

und des Lasters, als Ursache für viele Verfehlungen der Männer. Als ideal wird die Frau bezeichnet, die ihrem Gatten so treu ergeben ist, daß sie ihm in allem freiwillig gehorcht und ihn sogar liebt und ehrt, wenn er ihr als Häßlicher, Alter oder Kranker von den Eltern aufgezwungen wurde. Dem entsprach auch ihre juristische Stellung in der Ehe. Im allgemeinen nur auf eng begrenzten Gebieten (zum Beispiel bei der Verfügung über ihre Hochzeitsgeschenke) selbständig, galt sie ansonsten als abhängig von dem ältesten männlichen Mitglied ihrer Familie. Der Rechtslehrer Manu sagt: „In der Jugend untersteht sie dem Vater, in der Ehe dem Mann; ist dieser gestorben, dem Sohn — nie soll eine Frau selbständig sein." Daß die Frau darüber hinaus gewissermaßen als das Eigentum ihres Mannes betrachtet wurde, zeigen u. a. die Rechtstexte, die im Zusammenhang mit erbrechtlichen Fragen das Bild vom Feld gebrauchen, das die Frau darstellt und von dem der Besitzer des Feldes, also ihr Mann, jeglichen Nutzen beanspruchen kann — darunter auch den außerehelichen Sohn, der nicht als Nachkomme des natürlichen Vaters, sondern des Gatten der Frau gilt. Zwei Entscheidungen in diesem Sinn fällt übrigens auch Vikramasena (in der vierzehnten und in der achtzehnten Geschichte) und beweist damit seine Kenntnis der Rechtslehre in solchen verzwickten Fällen.

Ganz im Sinne der Staats- und Morallehre werden auch die Diener dargestellt. Sie sind treu und aufopferungsvoll bis zur Aufgabe ihres eigenen Lebens für den Herrn, wie es die Pflicht eines Untergebenen ist. Durch die Entscheidungen König Vikramas werden diese Eigenschaften noch in ihrer Selbstverständlichkeit betont, ganz eindeutig in der achten Geschichte, aber auch — verdeckt — in der vierten. Selbst wenn Vikrama in diesem Falle den König, der sich angesichts des Familiendramas auch töten will, als den Edleren bezeichnet, so wird jedem aufmerksamen Leser aus dem Gang der Geschichte doch klar, daß nach den geltenden Moralnormen der König gar nichts anderes tun konnte, als sich umzubringen, denn er hatte den Tod der Familie nicht verhindert und somit indirekt die Schuld daran auf sich geladen. Nach indischer Anschauung war diese Schuld nicht so sehr juristischer Natur, sondern vielmehr moralisch-religiös. Waren keine Nachkommen einer Familie mehr da, konnten die Totenopfer für die Verstorbenen nicht vollzogen werden. Da diese Totenopfer aber den Weg der Seele durch die Unterwelt bis zum Eintritt in einen neuen Leib und damit zur Wiedergeburt garantieren, wäre auf diese Weise den Toten der Weg in eine neue Existenz versperrt worden, und sie hätten als Totengeister auf den Leichenplätzen umherirren müssen. So hätte der König eine der großen Sünden auf sich geladen, die es nach brahmanischer Auffassung gab. Daß trotzdem ihm und nicht Viravara die größere Edelmütigkeit bescheinigt wird, ist eines der wenigen Beispiele dafür, daß Vikrama parteilich zugunsten seines Standes entscheidet.

Insgesamt sind die „Fünfundzwanzig Erzählungen des Vetala", obgleich sie in Sprache und Inhalt nicht den Rang eines Pancatantra oder anderer Werke der Sanskritdichtung haben, durch die Vielfalt der Geschichten, die Volkstümlichkeit ihrer Themen und Figuren und das lebendige Bild, das sie von der indischen Vorstellungswelt geben, ein reizvolles Zeugnis altindischer Erzählkunst.

Zu den Abbildungen

Unter den zahlreichen Werken altindischer Tempelbaukunst genießen die von Khajuraho wegen ihrer Skulpturen und Friese eine besondere Berühmtheit. Sie stammen fast alle aus dem 10. bis 11. Jahrhundert, d. h. aus einer Zeit, in der Khajuraho Hauptstadt des Candela-Reiches war. Die Könige dieses relativ kurzlebigen nordindischen Königreiches — es existierte etwas über zweihundert Jahre — waren sehr baufreudig. Inschriften berichten, daß sie eine große Zahl von Tempeln bauen und mehrere künstliche Seen anlegen ließen. Beides galt als religiös besonders verdienstlich und dokumentierte zugleich die wirtschaftlichen Möglichkeiten der Herrscher. Allein in Khajuraho sollen unter den verschiedenen Candela-Königen fünfundachtzig Tempel entstanden sein, von denen heute noch etwa fünfundzwanzig vollständig erhalten sind und zum Teil noch kultischen Zwecken dienen. In der Mehrzahl hinduistisch, sind sie verschiedenen Göttern und Göttinen des hinduistischen

Pantheons geweiht —. Vishnu in seinen Inkarnationen als Eber und Zwerg; Lakshmana, dem Bruder Ramas; Hanuman, dem affengestaltigen Helfer Ramas im Kampf gegen die Dämonen; Schiva in seinen verschiedenen Erscheinungsformen und schließlich der Devi, deren Kult im nordöstlichen Indien stark verbreitet war. Eine kleinere Zahl von Tempeln ist jinistisch. So dokumentiert sich in Khajuraho nicht nur das für den Hinduismus charakteristische Nebeneinander verschiedener Götter und Kulte, sondern auch die Toleranz gegenüber den anderen Religionen, die, auf dem gleichen Hintergrund der altindischen Gesellschaft und Vorstellungswelt erwachsen, sich zwar in ihren Lehren scharf voneinander unterscheiden, jedoch denselben göttlichen und halbgöttlichen Wesen und Helden einen Platz in ihrer Mythologie einräumten. So findet man an allen Tempeln unter den Skulpturen, die die Tempelaußenwände schmücken, Einzelfiguren von Göttern, Asketen, halbgöttlichen Wesen wie die Apsaras' oder Sundaradevis, Tiere und Götter- und Menschenpaare, geflügelte Genien oder die als Halbgötter geltenden schlangenleibigen Nagas. Die Friese zeigen dagegen Jagd-, Tanz-, Prozessions- und erotische Szenen. Ausgeprägt ist der erotische Charakter der Skulpturen und Friese, der sich in der kokett-verführerischen Haltung der Frauengestalten und mehr noch in der für europäische Augen oft zu drastisch wirkenden Darstellung von Liebespaaren und -szenen ausdrückt. Er ist in verschiedener Weise gedeutet worden — als im „geistlichen Gewand" versteckte Weltlichkeit, als symbolhaft für die unbedingte Hingabe des Gläubigen an seinen Gott oder auch — und dies ist wohl am wahrscheinlichsten — als Zeichen dafür, daß zur Zeit der Erbauung der Tempel der Kult der Schakti (der als weibliche Gottheit aufgefaßten Schöpferkraft, die zusammen mit Schiva, von der Sekte der Schakta aber auch selbständig verehrt wurde, im Gebiet um Khajuraho verbreitet war. Dieser Kult war verbunden mit stark sexuell betonten esoterischen Riten, deren Ziel die Vereinigung mit der Gottheit auf verschiedenem Wege, so u. a. durch Yoga oder durch Genuß der fünf im Sanskrit mit „m" beginnenden Dinge: Fleisch, Alkohol, Fisch, mudra (Gebärde) und geschlechtliche Vereinigung war. So sind die Skulpturen von Khajuraho Ausdruck dieser Religion und illustrieren gleichzeitig ein Lebensgefühl, das auch in der Literatur spürbar ist und in dem sich Sinnenfreude und listiges

Streben nach Genuß mit Frömmigkeit und Glauben an die Wirksamkeit von Zauberriten und Opfern verbindet.

Berlin und Leipzig, Juni 1978

Eva Ritschl und *Maria Schetelich*

ANMERKUNGEN

1 *Um in die Brahmawelt einzugehen ...:* Nach der traditionellen hinduistischen Vorstellung hat die Welt die Form eines Eies, in dessen Mitte die scheibenförmig gedachte Erde liegt. Unter der Erde liegen sieben Unterwelten, über ihr sieben Himmel, auch als Welten (loka) bezeichnet. Der oberste Himmel, die Brahmawelt, ist nur ein leerer Raum. Aus ihr gibt es im Gegensatz zu den anderen Himmeln keine Wiedergeburt. Nur der kann in sie eingehen, der durch strenge Kasteiung und Meditation alle Sinne abtötet und völlig leidenschaftslos lebt. Läßt ein Asket sich jedoch ablenken, wird seine Askese wirkungslos.

2 Einem Hindu der drei oberen Stände waren vier Lebensstadien vorgeschrieben: das des Schülers, das des Hausvaters, das des Waldeinsiedlers und das des Wanderasketen. Im ersten Lebensstadium, das bis zum sechzehnten Lebensjahr dauern sollte, lernte man neben den beruflichen Kenntnissen die heiligen Schriften bei einem geistlichen Lehrer. Im zweiten lebte man als Familienvater, um weltliches Gut zu erwerben und Nachkommen zu zeugen, vor allem Söhne, die für den Vater die Totenspenden vollziehen konnten, wenn er gestorben war. Ohne diese Totenspenden konnte der Tote nicht das Reich des Todesgottes durchqueren und eine neue Existenz erlangen. Hatte ein Mann seinen ersten Enkel gesehen, sollte er seinem ältesten Sohn die Familie anvertrauen und sich als Einsiedler im Walde mit den heiligen Texten beschäftigen. Fühlte er seinen Tod nahen, dann sollte er auf die Wanderschaft gehen und von Almosen leben.

3 *... die Zeremonie des Haarschneidens:* Bis zur Heirat waren für einen Hindu verschiedene Zeremonien vorgeschrieben, die bestimmte Lebensabschnitte markierten. Drei von ihnen vollzog die Mutter vor der Geburt des Kindes, darauf folgten die Geburtszeremonie, die Namengebung am zehnten Lebenstag, das erste „Ausgehen" aus dem Hause im Alter von drei Monaten, das Darreichen der ersten festen Nahrung nach einem halben Jahr, die Zeremonie des Haarschneidens, deren Zeitpunkt wie der der Initiation unterschiedlich war, und schließlich die Heirat, mit der das Kindheits- und Jugendalter abgeschlossen war.

4 Ganescha, der elefantengestaltige, hängebäuchige Gott gilt als Schirmherr aller Unternehmungen, besonders all derer, die mit der Literatur, mit dem Schreiben und dem Handel zu tun haben. Er

ist außerordentlich populär und wird vor allem in Südindien vor jedem Opfer und jeder Unternehmung angerufen. Er gilt als Sohn Schivas und Parvatis und als Anführer von Schivas Gefolge. Daher ist einer seiner Namen Ganapati, der ebenso wie Ganescha „Herr der Scharen" bedeutet.

5 Brihaspati, ein schon in ältesten Texten erwähnter Gott, gilt als der erste Rechts- und Staatslehrer.

6 Der Begriff Dharma, einer der Grundbegriffe des Hinduismus, ist sehr schwierig zu übersetzen. Er bedeutet etwa „religiös-moralisch-rechtliche Norm, deren Einhaltung den Bestand der Welt und der Gesellschaft garantiert". Jeder Stand der altindischen Gesellschaft und darüber hinaus jede ihrer Gruppen hatte ihren eigenen Dharma, der in den sogenannten Dharmaschastras festgelegt war und den weltlichen und religiösen Pflichtenkreis der Betreffenden umriß. Über die Einhaltung des Dharma zu wachen war vornehmste Aufgabe des Königs. Da eine Verletzung des Dharma nach hinduistischem Glauben eine schlechtere Form der nächsten Wiedergeburt zur Folge hatte diese Vorstellung wesentlich dazu bei, die Menschen weder gegen persönliche noch gegen soziale Not und gegen Ungerechtigkeit aufbegehren zu lassen, und zementierte so auf wirksame Weise die bestehenden gesellschaftlichen Zustände.

7 *... am vierzehnten Tage der dunklen Hälfte dieses Monats:* Der altindische Kalender rechnete nach Mondmonaten, wobei der Monat in zwei Hälften geteilt wurde, die dunkle (die Zeit des abnehmenden Mondes von Vollmond bis Neumond) und die helle (die Zeit von Neumond bis Vollmond).

8 Ein Yojana ist etwa eine Tagereise.

9 Diese Geschichte ist ein Musterbeispiel für die vom Kamasutra, dem Lehrbuch der Liebeskunst, empfohlene Zeichensprache, durch die ein Mädchen die gebotene Zurückhaltung gegenüber einem Manne wahren und trotzdem ihre Gefühle zu erkennen geben konnte. Karnakubja, wörtlich: Ohrkrümmung, ist das heutige Kanauj. Dantaghata bedeutet Biß (wörtlich: der mit den Zähnen Zuschlagende), Padmavati heißt die Lotosgleiche.

10 Eine menstruierende Frau galt in Indien, wie auch bei vielen Naturvölkern, als unrein. Der Grad ihrer Unreinheit wird hier anschaulich gemacht durch die Gleichsetzung mit der generell als unrein geltenden Candala-Frau, die schon zu jener Zeit zu den Unberührbaren gehörte.

11 Mondhaus (nakshatra) nennt man die Sternbilder, in die der Mond während eines Jahres eintritt. Man unterschied sieben- bis achtundzwanzig Nakshatras. Einige von ihnen nennt der Vers. Nicht alle lassen sich mit den uns bekannten Sternbildern des Tierkreises identifizieren.

12 Es ist eine Eigenschaft der altindischen Wissenschaften, vor allem der Astronomie, aber auch der Medizin u. a., daß sie sehr stark der Religion verhaftet blieben. So bediente man sich in der Medizin häufig magischer Praktiken oder der Astrologie, obgleich man es z. B. in der plastischen Chirurgie zu erstaunlichen Leistungen gebracht hatte, ebenso in Diagnostik und Krankheitslehre. Desgleichen erklärte man Naturerscheinungen trotz richtiger und teilweise besserer Beobachtung als in anderen Ländern oft mythologisch, so auch hier die Sonnen- und Mondfinsternisse damit, daß die bösen Planeten Rahu und Ketu, als Dämonen gedacht, die beiden Himmelskörper verschlingen.

13 Bharata ist der Verfasser des Natyaschastra, des Lehrbuchs der Theaterkunst. Es beschreibt den Aufbau eines Dramas, die einzelnen Typen der handelnden Personen, ihre Kostüme, die Ausstattung der Bühne usw. und enthält auch Angaben zu Musik und Tanz, die wichtiger Bestandteil des altindischen Dramas waren.

14 Es entspricht dem Dharma des Königs, daß er als Gegenleistung für den Schutz vor inneren und äußeren Feinden nicht nur ein Sechstel der Ernte und andere Dinge als Steuern und Abgaben, sondern auch einen Teil der religiösen Verdienste von den Untertanen beanspruchen kann. Erfüllt er seine Dharma-Pflichten nicht, bestraft er z. B. Verbrechen in seinem Lande nicht genügend hart, so lädt er damit auch einen Teil der Sünde, die diese Verbrechen in religiöser Hinsicht darstellen, auf sich und muß dafür in die Hölle.

15 Siehe Nachwort S. 104f.

16 Der Vers, der hier nicht ganz in den Zusammenhang paßt, bezieht sich darauf, daß indische Könige häufig von ihren Söhnen entthront und umgebracht bzw. gefangengehalten wurden, so z. B. König Bimbisara von Magadha durch seinen Sohn Ajataschatru im Jahre 486 v. u. Z.

17 In Indien hatte man ebenso wie in Griechenland die Vorstellung, daß sich die Welt aus einem paradiesischen in einen schlechten Zustand verkehrt habe, und zwar im Laufe von vier Zeitaltern (Sanskrit: Yuga). Das in diesem Vers beschriebene Kali-Zeitalter ist das letzte und schlimmste der vier (wie das eiserne Zeitalter der Griechen). Es endet mit dem Untergang der Welt. Mit der Vorstellung von den Zeitaltern, die man sich zyklisch wiederkehrend dachte, verband der Hinduismus die Vorstellung von den Inkarnationen Vishnus, der zehnmal in unterschiedlicher Gestalt — als Zwerg, Eber, Schildkröte, Mannlöwe, als der göttliche Held Krischna, König Rama usw. — auf die Erde herabkommt, um den paradiesischen Zustand wiederherzustellen.

18 Sita war die Gattin Ramas, einer Inkarnation Vishnus. Das Epos Ramayana (Das Leben Ramas) erzählt von dem Raub Sitas durch den Rakshasa-Fürsten Ravana: Um sich an Rama zu rächen, der Ravanas Schwester, eine häßliche Dämonin, nicht heiraten wollte, entführte dieser die Sita in seine Hauptstadt Lanka auf Ceylon. Erst nach langen Kämpfen mit Ravana und seinen Verbündeten gelang es Rama, mit Hilfe des Affenheeres und seines Freundes Hanuman, Ravana zu besiegen und zu töten. Mit einer Inkarnation Vishnus ist auch die Geschichte von dem Fürsten der Widergötter (Asura), Bali, verbunden. Bali hatte die Herrschaft über die „drei Welten" (Erde, Unterwelt, Himmel) erobert und bedrängte die Götter. Vishnu bat sich als Zwerg von Bali so viel Land aus, wie er mit drei Schritten durchmessen könne. Als Bali ihm dies zugestand, durchmaß Vishnu daraufhin mit drei Schritten die drei Welten und stellte so die Herrschaft der Götter wieder her, Bali aber verbannte er in die Unterwelt.

19 Die Gattenselbstwahl war ein Privileg des Kriegerstandes, denn im allgemeinen suchten die Eltern ihren Kindern die zukünftigen Ehepartner aus.

20 Die Entscheidung des Königs erklärt sich daraus, daß in den Dharmaschastras jedem Stand bestimmte Tätigkeiten als dharmagemäß vorgeschrieben sind: für den Brahmanen das Lehren und Lernen der heiligen Texte, für einen Kschatriya das Waffenhandwerk, für einen Vaischya Ackerbau, Viehzucht und Handel und für einen Schudra die Handwerke. Mit zunehmender Differenzierung der Gesellschaft wurden diese Vorschriften immer öfter durchbrochen. Die Texte erzählen von Brahmanen als Bauern, als Minister, Händler, sogar als Soldaten, von Schudra-Königen u. a. m., obgleich es für jeden Stand, besonders aber für die Brahmanen, weiterhin bestimmte Tätigkeiten gab, die für sie tabu waren, weil sie rituelle Unreinheit nach sich zogen, etwa die Verarbeitung von Leder, der Handel mit bestimmten Produkten wie Öl, Salz usw. In den religiösen Texten jedoch, wurde die alte Zuordnung der Berufe zu den einzelnen Ständen weiter beibehalten, auch als besonders verdienstlich empfohlen. Daher entscheidet Vikrmasena zugunsten des Kschatriya und zugunsten einer Heirat innerhalb des eigenen Standes.

21 ... *die Hochzeit nach Art der Gandharvas:* Dies ist eine der acht als rechtsgültig akzeptierten Heiratsformen, die man im alten Indien kannte. Sie erfordert keine Zeremonie und auch keinen Brautpreis bzw. keine Mitgift, sondern lediglich die geschlechtliche Vereinigung in beiderseitigem Einverständnis.

22 Mahavira Jina war ein öfterer Zeitgenosse Gautama Buddhas, lebte im 6. Jh. v. u. Z. Wie Buddha begründete er eine religiöse Lehre, die sich gegen die übermäßige Betonung des Opfers und

des religiösen „Wissens“ der Brahmanen als Mittel zur Erlösung aus dem Kreis der Wiedergeburten wandte. Wie Buddha betonte Jina demgegenüber die Notwendigkeit einer Selbstvervollkommnung des Menschen aus eigener Kraft, durch Einhaltung bestimmter Gebote und Befolgen solcher Prinzipien wie Gewaltlosigkeit gegenüber allem Lebenden, Wahrhaftigkeit, Leidenschaftslosigkeit. Er begründete einen Mönchsorden, dem strenge Askese auferlegt war, doch gehörten zu seiner Gemeinde auch Laienanhänger, die den Orden durch Spenden unterhielten, bestimmte Regeln des Zusammenlebens befolgten, aber zu nicht so streng asketischer Lebensweise verpflichtet waren. Wenn auch der Jinismus nicht die Verbreitung außerhalb Indiens und in Indien selbst erlangte wie der Buddhismus, so hat er doch im alten Indien eine bedeutende Rolle gespielt, nicht nur auf dem Gebiete der Religion, sondern auch für die Kunst und die Philosophie. Eine Jaina-Gemeinde, deren Anhänger meist reiche Kaufleute sind, gibt es noch heute in Indien.

23 Der Wunschbaum ist einer der fünf heiligen Bäume des hinduistischen Götterhimmels. Wenn man ihn durch Gaben verehrt, erfüllt er alle Wünsche. In Märchen und Legenden ist die Verehrung des Wunschbaumes eines der beliebten Motive.

24 Rameschvara ist Ramá, die siebente Inkarnation Vischnus. Vgl. Anm. 17 und 18.

25 Der Vers bezieht sich auf eine Episode aus dem Epos Ramayána: Ramas Helfer, der Affenminister Hanuman, baute eine Brücke aus Steinen über die Meerenge zwischen Kap Komorin und Ceylon, um in der Hauptstadt des Dämonenkönigs Ravana, Lanka, den Aufenthaltsort der Sita auszukundschaften.

26 Brihaspati (s. Anm. 5) ist auch der Schützer der Wissenschaften, Vaischravana ist ein anderer Name des Gottes Kubera, des Schutzgottes der Händler (ähnlich dem griechischen Merkur), dem alle Schätze und aller Reichtum untertan sind.

27 Nämlich je nachdem, ob sie sich für das Leben eines Asketen, der nach Erlösung strebt, oder für das Erwerben von weltlichem Erfolg und Reichtum entschieden haben.

28 Der Mord an einem Brahmanen galt als eines der zehn großen Verbrechen, für das man aus der Gesellschaft ausgestoßen wurde, und als große Sünde, durch die man das Recht auf Vollziehen der Riten und Zeremonien verlor, die einem Hindu den Weg in eine bessere Wiedergeburt öffneten.

29 Sarasvati ist die Göttin der Rede und der Gelehrsamkeit, insbesondere auch des Wissens, das traditioneller brahmanischer Auffassung nach nur den obersten Ständen vorbehalten war.

30 Der Vers bezieht sich auf die Taten, die Vishnu in seinen Inkarnationen als Zwerg (s. Anm. 18), als Rama (s. Anm. 24) und

als Krishna vollbrachte, der die Kühe seiner Hirtenfreunde vor dem Regen schützte, indem er einen Berg wie einen Regenschirm über sie hielt.

31 Der Fluch eines Brahmanen besaß, so glaubte man, magische Kraft, da man dem heiligen Wissen, das ein Privileg des Brahmanenstandes war, magisch lenkende Wirkung auf Natur, Gesellschaft und Menschen zuschrieb — eine im Grunde uralte schamanistische Vorstellung von der Zauberkraft des Wortes.

32 Die zehn Zustände der Liebe werden in der sechzehnten Erzählung genannt.

33 Siehe Nachwort S. 105.

34 Yudhishthira ist einer der Hauptheldcn des Epos Mahabharata, das den Krieg zwischen den fünf Pandava-Brüdern Yudhishthira, Arjuna, Bhima, Nakula und Sahadeva mit ihren Vettern, den hundert Kaurava-Brüdern, erzählt. Es endet mit dem Sieg der Pandavas, die fast alle ihrer Vettern erschlagen. Um diesen Verwandtenmord zu sühnen, vollzog Yudhishthira, nachdem er König geworden war, ein großes Opfer und übte Askese.

35 Schlangen galten als halbgöttliche, die Unterwelt bewohnende Wesen, die für den Gott Kubera die unterirdischen Schätze hüten. Ihr Feind war der Vogel Garuda, ein greifähnliches Wesen, Begleittier Vishnus, das selbst kultische Verehrung genoß. Zahlreiche Legenden und ein Purana beschreiben den Garuda als den Goldgefiederten, den König der Vögel, der für die Götter den Unsterblichkeitstrank Amrita stahl. Der Kult des Garuda geht wahrscheinlich auf einen uralten Vogelkult zurück, der in der für den Hinduismus typischen sykretistischen Weise mit der Gestalt des Gottes Vishnu verbunden wurde.

36 Der Gott der Opfernden ist Agni, das personifizierte Feuer, durch das die Opferspenden (Butterschmalz, Öl) verbrannt werden und so zu den Göttern gelangen. Agni genießt deshalb Verehrung als Mittler zwischen den Menschen und den Göttern. In dem Vers werden die Verehrung der Götter durch Opferspenden und in Kultbildern abgewertet zugunsten der durch Askese und meditative Versenkung zu erreichende Erkenntnis Gottes, in diesem Falle Vishnus. Eine solche Erkenntnis zu erreichen war das Ziel der Asketen oder Yogis, die sich aus dem weltlichen Leben zurückzogen. Daß es jedoch einem Yogi nicht immer nur um rein geistige Dinge ging, zeigt diese Geschichte ebenso wie die Rahmenerzählung: Man glaubte, daß sich ein Yogi durch zum Teil recht blutige Opfer und Beschwörungen sowie durch eine als Glut aufgefaßte und durch Kasteiung zu erwerbende magische Kraft (tapas) zauberkräftiges Wissen aneignen könne. Deshalb waren Yogis geachtet und gefürchtet zugleich, und man bemühte sich, sie nicht zu erzürnen, um nicht von ihnen verflucht zu werden. Von den

Folgen einer solchen Verfluchung handelt das wohl berühmteste altindische Drama, „Das Wiedererkennen der Schakuntala", des Kalidasa (etwa 4.—5. Jh. u. Z.). Die Waldeinsiedlerstochter Schakuntala wird von einem erzürnten Asketen dazu verflucht, daß sich der König, der sie im Walde nach Gandharvenart geheiratet hat, ihrer solange nicht mehr erinnern soll, bis er den Ring, den er ihr geschenkt hat, zu Gesicht bekommt.

37 Die Erbfolgeregeln bestimmten, daß, wenn kein Sohn oder Enkel vorhanden war, nicht die Mutter oder die Töchter in den Besitz des Vermögens kämen, sondern die nächsten männlichen Verwandten des Toten, denen damit die Verpflichtung auferlegt wurde, für die weiblichen Hinterbliebenen zu sorgen.

38 Die Beschreibung bezieht sich auf den Gott Schiva. Das gilt auch für den folgenden Vers.

39 Pindaopfer, Pindaspende: Kleine Reisklöße, die den Ahnen als Speise dargebracht werden.

40 Madana, der Verwirrende, ist ein Beiname des Liebesgottes Kama, Rati, die Lust, der Name seiner Frau. Die Legende berichtet, daß einst Schiva im Himalaja Askese übte und dadurch so viel magische Kraft ansammelte, daß der Götterkönig Indra um seinen Thron fürchtete. Er überredete deshalb Kama, daß er Schiva dazu bringen solle, sich für Parvati, die Tochter des Himalaja, zu interessieren. Aus Zorn über die Störung seiner Askese verbrannte Schiva den Kama durch einen Strahl aus seinem dritten Auge auf der Stirn zu Asche und ließ sich erst durch Ratis Bitten bewegen, Kama wieder zum Leben zu erwecken.

INHALT

Universal Bibliothek

BELLETRISTIK

DIE JUNGE EICHE

Klassische belorussische Erzählungen

Aus dem Belorussischen
Herausgegeben und mit einem Vorwort von N. Randow
Band 1149 · Broschur 3,50 M

Die wechselvolle, von Leid, Hoffnung und immer neuen Aufbrüchen getragene Geschichte des belorussischen Volkes ebenso wie die Mühen und Meriten einer jungen, unabgeklärten, Vielfalt suchenden Literatur, den in Jahrhunderten schmerzlich erworbenen Erfahrungen künstlerische Form zu geben, spiegeln Erzählungen aus den Jahren 1905 bis 1940. Diese Anthologie schlägt den Bogen von der volkstümlich-anekdotischen Geschichte bis zur fein reflektierenden psychologischen Prosa.